LA GUERRE DES FILLES

Paru dans Le Livre de Poche :

OÙ COURS-TU ?
NE SAIS-TU PAS QUE LE CIEL EST EN TOI ?

RASTENBERG

LES SEPT NUITS DE LA REINE

CHRISTIANE SINGER

La Guerre des filles

ROMAN

ALBIN MICHEL

CHAPITRE PREMIER

UNE NUIT D'ÉTÉ DE L'AN 736 EN BOHÊME

C'ÉTAIT donc la première nuit qu'il passait dans son nouvel état, – sa toute première nuit d'homme mort. Une date mémorable, avant de s'enfoncer tout à fait dans cette glaise où plus rien ne signale l'avancée du jour ni les saisons.

Depuis quelque temps déjà le sang avait cessé de goutter au sol de la plaie fendue à la nuque, – et sur ce bois de la table où reposait son corps, la flaque, dont les contours s'étaient figés, prenait de plus en plus l'aspect grumeleux et compact de ces baies écrasées dont les enfants se barbouillent à l'automne.

Sous le dôme imposant de son ventre, saillait, calottée de cuir bouilli, la renflure du sexe. A plusieurs reprises déjà, insistants et braillards, s'étaient fait entendre des gargouillis sous son ceinturon de métal. Les entrailles continuaient de s'activer, – comme ces domestiques imbéciles qui changent encore les sangsues sur le dos de leur maître trépassé.

D'un monticule de cailles à demi rongées,

qu'avait fait crouler son pied, montait une odeur douceâtre, insinuante. Une nuée de moucherons embrumait la torche enflammée.

Le visage avait déjà subi quelques métamorphoses. Après que l'effroi l'eut blanchi, il avait repris peu à peu ces tons de brique qui cuisent les joues des gros buveurs. L'entrelacs mauve des veinules s'était rallumé partout, des ailes du nez aux tempes, – et les lèvres, comme celles des nourrissons que violace leur application à téter, offraient au regard un renflement goulu. Maintenant (et il semblait bien que ce dût être la dernière étape à laquelle on pût encore assister) la poussée de la barbe, en charbonnant toute la peau, avait éteint cet ultime rougeoiement, instauré l'ordre de la grisaille. La crémation ne laisserait pas s'opérer le lent affaissement des traits ni surgir, sous l'ancien capiton des chairs, l'ossature commune à tous.

Debout, le menton calé sur son glaive, Tania le considérait. Il lui semblait, avec les heures qui passaient, le voir entraîné à des distances vertigineuses de l'instant du meurtre et des dissensions qui l'avaient provoqué. Les fureurs implacables lovées dans le corps de Motol devenaient aussi irréelles qu'à l'autre bout de l'existence, au premier cri de l'enfant, les tourments de la gésine.

De la salle avoisinante, filtrait un brouhaha de paroles troué d'exclamations. Le silence de la nuit dans cette forteresse faisait rendre un son bizarre aux voix enchevêtrées de Vlasta, d'Olga, de Tamara, de Sharka, de Dagmar et des autres.

Tania éprouvait une peine grandissante à en démêler les fils pourtant familiers. L'anxiété de ces dernières journées, les nuits sans repos la faisaient vaguer dans une transe légère et cotonneuse. Toutes les courroies qui, dans l'action, sanglent vigoureusement l'âme au corps avaient cédé. Tandis qu'immobile et les membres lourds, elle montait la garde, ses sensations, comme une nuée de grives que lâche brusquement un ormeau, s'échappaient en tournoyant, soûles.

Elle sentait encore contre elle le flanc de sa jument, et, entre sein et hanche, la moiteur chaude de leurs sueurs mêlées. Tout le jour, le bras passé autour de son garrot, unie à elle dans cette tension immobile qui prend à ses rets cavaliers et montures avant l'attaque, elle avait, dans cette forêt inextricable, attendu avec toute la troupe des filles que tombât la nuit. Et chaque piqûre de taon qui soulevait du muscle la robe en vagues furieuses lui communiquait sa brûlure. Les frémissements excédés de la bête l'envahissaient, crêtaient son corps de frissons. Le même jeûne rituel de quarante-huit heures qui prélude aux grandes embardées leur avait mis aux yeux son sable d'or. La même patience sombre, butée, les pétrifiait, lézardée çà et là d'un frisson en aigrette : l'impatience, une poussée de fièvre.

Et maintenant encore, elle remuait à son côté, la jument rousse, – tout comme ces membres sectionnés dont on dit que les blessés sentent, longtemps après l'amputation, chaque fibre et chaque nerf.

Elle humait aussi l'odeur poivrée, délicatement pourrissante, qui dans la forêt montait de la tignasse emmêlée des pyroles et des fougères.

A travers le fouillis des branches, la forteresse trapue, hérissée de créneaux, fêlée de meurtrières, continuait de la défier, d'offrir ses murailles nues aux violents coups de gond du soleil de midi. La brûlure de la cornée se réveillait entre les cils à fixer la combustion lente des pierres jusqu'à leur incandescence finale aux forges rouges du crépuscule.

Le temps avait été long à broyer le grain des heures.

Entre les îlots de l'action, s'étendaient à perte de vue les marais silencieux de l'attente, çà et là troués d'infimes éclosions de bulles. L'amour, la chasse, la bataille, la gestation, l'agonie étaient les hôtes familiers de ces étendues. Sans le grand cérémonial des préparatifs, la vie n'eût été que tourbillon, fracas, insignifiance.

Depuis quelque temps déjà, les hommes autour du roi Przemysl rêvaient d'assécher ces marécages. Ils préparaient un monde où plus rien n'arriverait d'important, où se bousculeraient faits, gestes, actions, tumultes. Ils conspiraient contre l'attente, contre le silence des rythmes millénaires, se préparaient à ensemencer le monde d'agitations et de prescriptions humaines. Ils avaient pris en horreur tout ce qui leur échappait et tout ce qui avait été vénéré pendant le règne de Libussa.

Car c'était bien la mort de la reine, cette année-là, qui avait marqué la rupture.

Aussitôt, les conseillers du nouveau roi s'étaient empressés d'écarter du pouvoir toutes les femmes dont Libussa avait composé sa garde.

Tania eut un haut-le-cœur.

Voilà que sa transe vagabonde la ramenait sournoisement au lieu redouté et que s'éveillait la douleur au creux du sternum.

Il s'était passé des choses terribles contre lesquelles elle ne savait ni incantation ni plante magique. Entre hommes et femmes, la terre avait bougé.

Tania aimait les hommes : elle en connaissait dont la présence enveloppe, dont les mains attisent la braise enfouie des corps, dont les rires se font l'écho du rire des femmes.

En ces corps complices et amis avait germé la trahison : qu'un autre monde jouxtât le leur, une autre force, leur force, avait brusquement cessé de leur paraître supportable.

Tout se brouillait devant ses yeux.

Eût-elle appris que les Fils du Vent refusaient de partager le ciel avec les Filles de la Tempête – (on chantait aux solstices d'hiver les furieux ébats de leur troupe qui ébranlait le toit du monde) – que sa stupeur n'eût pas été plus grande. Comment effacer l'aube où elle et ses compagnes avaient trouvé ravagé le tertre de leurs sœurs mortes aux derniers combats contre les Avars, arrachés aubépines et églantiers, piétinés la sauge bleue, la belle étoile et le millepertuis, – et où Motol, au nom du roi, les avait, sous peine de mort, sommées de débander leur troupe ? Des jours avaient passé depuis; mais, comme ces bulles prises dans l'ambre, la consternation et la colère restaient suspendues, gouttes claires, dans l'infracassable nuit des mémoires.

Dehors, les chauves-souris naviguaient dans l'ombre, portées par le uiiii soyeux de leur trajectoire.

Tania tressaillit.

Les rejoindre dehors... dehors..., dévaler l'escalier, fuir l'enserrement de ces murailles, bondir, fendre l'obscurité comme elle l'avait fait si souvent à la rencontre de Lumir ou d'un autre, s'enliser quelque part dans la nuit tiède d'un corps.

Mais le murmure des voix derrière la porte la retenait.

Le piège de la réalité avait basculé d'un claquement sec sur un rêve fou de vengeance, à l'instant où Vlasta plantait son poignard dans la nuque de Motol. Désormais, les événements iraient leur cours dans une sphère où la volonté humaine ne réussissait que de titubantes incursions.

La porte grinça sur ses gonds et Vlasta entra, flanquée de ses deux louves. Brandissant une torche, elle s'avança droit vers le mort pour s'assurer, semblait-il, qu'il n'avait pas bougé. Et, comme elle se penchait pour lui murmurer à voix basse quelques paroles inaudibles, ses longs cheveux glissèrent en avant, noyèrent un instant la gorge, le visage et le crâne nu du gisant. Elle les ramena sur ses épaules d'un geste brusque et s'ébroua. Les louves se laissèrent choir à ses pieds.

Immobile, la tête haute, elle attendit que les filles qui la suivaient se fussent placées le long du mur. Elles étaient dix à qui leurs yeux dilatés par la présence du cadavre créaient une étrange parenté, – cette même inquiétante beauté des femmes, chaque fois que, par une fissure du monde, se découvre à elles l'envers du créé.

Un long moment, le silence les englua. Puis Olga s'avança, tenant dans son dos un ramier sauvage. Elle chanta d'une voix rauque :

La mort me cherche noise
Derrière les haies
La mort me cherche noise
Au bord du sentier.
Tant que je pourrai,
Camarade,
Je t'esquiverai.
Tant que je pourrai,
Camarade,
Je t'esquiverai !
Quand mes jambes seront gourdes et mon dos cassé,
Tu me barreras la route et c'en sera fait...

Elle balança trois fois l'oiseau au-dessus de sa tête et l'affolement des ailes livrait, au hasard de leurs battements, le pourpre lustré d'or du poitrail. Vlasta le lui prit des mains et, de quelques rapides effleurements du doigt le long du cou, l'immobilisa; une brusque transe voila l'anxieux rougeoiement des prunelles, alourdit la minuscule tête. Déjà, de la gorge tranchée, le sang giclait.

Elle en humecta le front, le cœur et le sexe du mort, avant de coucher l'oiseau qu'un dernier tressaillement ébouriffait, ailes déployées, sur sa poitrine.

« Nous t'avons restitué ce qui t'appartenait, Motol, dit-elle d'une voix haute, la mort que tu voulais pour nous. Ainsi est clos le cercle de la haine. Que la femme qui t'a porté nous fasse rémission. »

Olga lui présenta une coupe d'eau claire où elle lava ses doigts, tandis que Dagmar et Sharka allumaient dans la vaste cheminée bois et brindilles entassés là pour mijoter d'autres festins.

Les cailles entamées par Motol bourdonnaient de mouches. Vlasta les jeta une à une à ses louves, et, tandis que claquaient leurs mâchoires, elle regardait le mort.

« Quiconque veut décider pour moi de ma vie est mon ennemi, lui murmura-t-elle. Quiconque veut s'immiscer entre ma peau et ma chair, entre l'eau et la jarre, entre le grain et la galette, entre la fleur et le fruit est mon ennemi. Quiconque veut régenter le flot du sang dans mes veines, les coups de bec de l'oiseau contre sa coquille, la giclée de la sève dans les fûts est mon ennemi. La première feuille jaune qui se détache de l'arbre à l'automne n'a pas attendu le signal de l'homme pour se laisser choir, ni l'oie sauvage pour abandonner nos contrées. Je sais le quartier de lune où semer le chanvre, et mes mains ont appris sans toi à le rouir et à le carder. »

Elle avança d'un pas vers Motol et le halo mouvant des flammes l'empennait de reflets sauvages.

« Pour jouer ma mélodie sur mon fifre, je n'ai pas besoin de ton souffle, ni de tes dents pour mordre ma viande. Pour sentir l'odeur de la terre remuée sous le sabot de mon cheval, je n'ai pas besoin de tes narines, ni de ta peau pour m'offrir aux caresses du vent. Je n'apprendrai pas de ta bouche de quoi mon âme a faim et soif, et pour défendre ma liberté je ne me confierai pas à ta lance ! »

Olga s'était mise à danser autour de la table pendant que Vlasta parlait, – et la radieuse nuée de ses cheveux roux exaltait la pénombre. Son buste oscilla doucement d'abord, puis tournoya jusqu'au vertige, et ses bras s'élançaient, vrillant leurs spirales, s'enroulant comme lierre autour d'invisibles colonnes.

Elle s'arrêta de danser quand Vlasta eut cessé de parler; et, pressant sur les tempes ses mains ouvertes, elle murmura :

« Deux réalités scindent le monde, deux réalités

qui ne se rencontrent pas. L'une se laisse gouverner par les humains, l'autre pas. Dans l'une, nous menons le bal. Dans l'autre, nous sommes menés. Dans l'une, nos jambes nous portent. Dans l'autre, nous tombons comme pierres. Deux réalités se partagent la vie. Une que nous pouvons palper, l'autre qui nous palpe. Une que nous pouvons manger et boire, l'autre qui nous mange et nous boit. Deux royaumes se partagent le monde. Mais des hommes sont venus qui veulent l'ordre. »

Depuis qu'Olga parlait, les filles s'étaient assises à terre sur leurs talons. Certaines se soutenaient entre elles d'une épaule. Des têtes rapprochées oscillaient ensemble; parfois un bras enlaçait une taille.

« Ils pousseront des verrous devant les portes de la nuit pour nous garder à vue. Des sentinelles armées nous barreront la route. Ils nous veulent ici pour nous soumettre à leurs lois et à leurs visées. Ils finiront par murer les issues pour qu'aucune de nous ne leur échappe, et ils feront tant et si bien que personne bientôt ne connaîtra plus l'emplacement secret des passages. Naîtront alors des hommes et des femmes corvéables à merci qui ne sauront plus leur double appartenance. Des vies s'agglutineront comme larves autour de la seule réalité permise. Ils sont venus, ceux qui veulent l'ordre – et la guerre qu'ils nous ont déclarée, c'est à la nuit, à l'instinct, à la nature et aux dieux qu'ils vont aussi la livrer. Ils ont compris que quiconque détient les clefs des deux mondes ne sera jamais ni sujet ni esclave. Mais nous le savons aussi, mes sœurs. Nous traversons encore nos corps comme brume. Ils ne sont pas nés, ceux qui nous coudront vivantes dans nos peaux ! »

Ses pieds nus se prirent à marteler le plancher en cadence, et ses mains, abandonnant sa taille, s'élevèrent au battement lent de ses doigts, emplissant peu à peu l'espace d'une innombrable foison d'ailes.

« Nous sommes d'ici et nous sommes d'ailleurs. La même pointe invisible qui grava au ciel l'itinéraire des migrations pour le choucas et le butor, la fauvette et le merle doré, la corneille et le rouge-queue a fixé pour nous la trace qui mène d'une rive à l'autre. Ici, nos forces et nos raisons nous guident. Là-bas, les abysses nous gobent comme œufs crus. »

De la cour, monta soudain un lamento sourd entrecoupé de hoquets. C'était la femme de Motol, une étrangère venue autrefois de Germanie, et qu'on entraînait vers un cachot. Vlasta l'envoya chercher.

Elle entra. Les larmes avaient brûlé sa peau, violacé ses paupières, et tout son visage semblait avoir macéré dans un acide. Un gémissement rageur écarta ses mâchoires à la vue de Vlasta.

« Monstre ! siffla-t-elle. Tu oses me faire comparaître devant toi !

– Tu es femme et notre sœur, dit Vlasta. Nous n'avons pas pour toi de haine. »

[illegible] n'entendait pas. Un autre gémissement la pro[illegible] en avant à la vue du cadavre, et elle s'abattit s[illegible] lui, secouée de soubresauts, puis se raidit en l[illegible]laçant. Toutes retenaient leur souffle. Quand elle se fut redressée après un interminable moment, les joues gaufrées par la toile rêche du sarrau, ses gestes s'étaient rassérénés. Elle empoigna la traîne épaisse de ses longs cheveux et se mit à en essuyer le corps avec minutie, du front aux pieds, comme si la mort l'eût englué de lymphes. Elle s'acharnait à frotter, et ce labeur qui l'absorbait tout entière ménageait une halte à sa détresse.

Quand elle eut fini, elle tangua d'abord, en proie au vertige, puis, saisissant sa tête entre ses mains :

« Pourquoi avoir épargné ma vie ? gémit-elle. Vous avez tué mon maître, vous m'avez broyé les bras et les jambes, crevé les yeux et les tympans. Qui me guidera désormais dans ma nuit ? Pour qui vivrai-je ? Quelle voix me fera tressaillir ? Voilà douze ans que je suis sienne et le sers, que ses désirs me mènent; j'ai porté les enfants qu'il m'a mis aux entrailles, – et, mieux que des chaînes aux chevilles, le poids de mon ventre a entravé mes rêves de course et de fuite. Plus cette charge m'alourdissait, plus j'exultais. J'ai appris de cet homme les délices de la servitude. Qui me les remplacera ?

– Laisse-nous te dire..., l'interrompit Vlasta.

– Ah ! femmes aux ventres plats, femmes aux mines altières, je crache sur votre liberté.

– Ah ! sais-tu... », reprit Vlasta.

Mais, d'une main posée sur son bras, Olga l'arrêta :

« Ne tente pas d'arracher son malheur à cette femme ! Il est sien. Laisse-la en paix le porter à terme. »

L'indignation avait rendu à la veuve de Motol le clair visage que la souffrance un moment plus tôt décomposait encore. Elle désigna du doigt les louves qui somnolaient aux pieds de Vlasta :

« Ne t'es-tu jamais demandé ce qui les retenait à tes côtés, ce qui les empêchait, la porte ouverte, de regagner leur horde errante ?

– Leur présence et leur fidélité me comblent : je ne les interroge pas.

– Tu as tort, Vlasta. Un univers inconnu te serait révélé... »

Ses yeux, tout en parlant, s'éclairaient d'une lueur clandestine :

« Ah ! Vlasta, il est des choses plus folles et plus tordues que ton âme de guerrière, plus profondes et plus impénétrables. Quoi que tu entreprennes, tu ne les débusqueras pas du monde à la pointe de ton glaive ! »

Entre ses lèvres, passa l'éclair furtif de ses dents.

« Regarde tes louves. Vois leurs yeux se brouiller quand tu grattes de l'ongle le creux à la naissance de l'oreille. Glisse un instant dans leur pelage et sonde la profondeur de leur abandon : tu n'en toucheras pas le fond. Ce qui les berce, je te le nomme : c'est l'âpre douceur de la servitude consentie.

– Femme! répondit Olga, ne te méprends pas sur nous : nous ne menons pas la guerre aux rêves, mais à ceux qui, par le glaive, veulent nous imposer les leurs. Il y a place sous le ciel pour toute la sarabande des folies. La colchique empoisonnée ne dépare pas la prairie ni la baie luisante et noire de l'étrangle-loup le sous-bois le plus sombre. Tes rêves ne sont pas les nôtres. Tes ivresses ne nous grisent pas. Qui a raison? Le coq de bruyère juché sur la plus haute branche de peur de perdre un rayon de soleil? Ou la hulotte nocturne? Le chevreau suceur de lait ou la fouine qu'émèche le sang chaud? Qui a raison? Le feu ou la glace? Le poil ou l'écaille? Le sec ou l'humide? Le bourgeon ou l'humus? La faim ou la satiété? Inculque à tes filles la servitude. Les nôtres apprendront l'insoumission. Chaque cours d'eau a ses nixes, chaque bosquet, ses dieux. Nous n'avons qu'une sorte d'ennemis irréconciliables : ceux qui veulent leur ordre sous le soleil.

– L'ordre unique est en marche, murmura la veuve. Des contrées immenses à l'ouest ne connaissent plus qu'un dieu, un rite. Elle tourne, elle tourne, la meule chantante qui broie les os des folles et des rebelles...

– Ah! cesse! »

Dagmar, accroupie près de la cheminée, se redressa d'un bond :

« N'avons-nous pas assez parlé ? N'entendez-vous pas dehors les coups de maillet ? Nos sœurs frappent la brèche funèbre dans un mur d'enceinte. Les nuits sont brèves, et si le jour allait nous surprendre... »

Elle n'acheva pas. Toutes avaient bondi, secoué en hâte leur torpeur et s'affairaient. Il était temps de séparer les morts des vivants, de faire réintégrer à chacun, avant l'aube, son royaume. Les déités du jour répugnent à heurter du pied les épaves que le flux de la nuit a déposées sur la grève. Et quand le dieu Svantevit rentre de sa chevauchée nocturne à travers les galaxies, il aime à retrouver le monde comme il l'a quitté.

Le corps de Motol fut prestement enveloppé de deux linceuls, – le premier de lin fin pour lui remémorer les douceurs de l'existence, l'autre, de bure grossière pour lui en restituer les rigueurs –, puis étroitement bandé de lanières. Seule dépassait la main droite, car elle aurait encore, de l'autre côté du monde, à répondre des coups qu'elle avait portés.

Solidement cordé à une civière, on le descendit dans la cour.

Six porteuses l'y attendaient. Leurs cheveux ouverts leur bandaient un œil et voilaient l'exacte moitié de leur visage. Munies de leur charge, elles traversèrent l'enceinte où papillotait l'hésitante lueur des torches jusqu'à la brèche dans le mur.

Jamais, en Bohême, les morts ne sortaient par la porte. Ainsi se trouvait conjuré le danger qu'ils ne retrouvassent plus tard le chemin du retour et ne vinssent, dans leur ancienne demeure, hanter les vivants.

Après l'avoir fixé à un épais cordage de chanvre aux torons enlacés, elles le hissèrent par la brèche (qu'on se hâta plus tard de murer) et le laissèrent lentement glisser d'une hauteur de quatre-vingts pieds jusqu'au sol.

De l'esplanade, devant la forteresse, le gros de la troupe (deux centaines de filles) vit atterrir l'étrange cocon qui oscillait doucement au bout d'un fil.

Les porteuses au demi-visage le rejoignirent. On les aperçut dans le flou de la demi-lune qui escaladaient le talus comme de prestes araignées blanches, enroulaient leurs fils et emportaient leur butin. Elles le déposèrent sur le bûcher dressé pour l'accueillir.

Toutes avaient, entre-temps, formé un vaste cercle autour du tertre et, épaule contre épaule, balancées doucement par une houle invisible, elles commençaient à fredonner tout bas :

Tu as goûté au bulbe empoisonné
De la mort
Et son suc amer t'a raidi
Le feu va t'enlacer
De ses bras ardents

Et jusqu'aux cendres
Te mordre de baisers...

L'arrivée des douze lieutenantes scinda le rondeau qui se reforma aussitôt sur leur passage.

Vlasta tenait par un licol le cheval barbe de Motol qui, les yeux bandés, avançait en trépignant.

Parvenue à l'intérieur du cercle, elle lui arracha le bandeau et, lâchant une clameur aiguë, lui fouailla les jarrets pour l'inciter à la course. Les onze autres, postées tout à l'entour, brandissaient de longues lanières qu'elles faisaient tournoyer au-dessus de leur tête, toujours plus vite, plus vite, jusqu'à ce qu'une vrille sifflante les couronnât. Partout s'ouvraient, aigus, stridents, menaçant de les tirer vers la nue, ces mêmes tourbillons violents qui, dans les mers du Nord, aspirent les nageurs vers les fonds.

Le galop du cheval s'emportait. Toutes rythmaient d'un halètement rauque sa course sauvage.

Col arc-bouté, flanc et garrot déjetés par la giration, aveuglé par le cinglement du crin sur les yeux, il fonçait, projetant à l'entour mottes de terre et pierrailles, fou d'épouvante.

La respiration bruyante des filles allait toujours s'accélérant, leur jetant aux yeux des filaments rouges. Certaines, saisies de vertige, tombaient sur les genoux, le front au sol.

Frôlées par l'animal, éclaboussées de son écume, elles sentaient peu à peu le martèlement des sabots les envahir et leur corps se substituer à la terre piétinée.

Quand la véhémence fut à son comble, un cri strident de Vlasta ouvrit vers l'est une brèche dans le cercle.

Elle se jeta au-devant de la bête, défiant son train d'enfer. Un instant, sa silhouette intrépide au bras levé se découpa devant la masse ruisselante et cabrée qui lançait au ciel un effroyable hennissement. Le cheval s'engouffra par le passage qui s'ouvrait à lui et disparut dans la nuit.

Qu'elle eût osé le laisser vivre et envoyer Motol sans son cheval au royaume des morts en effraya plus d'une.

Il y eut un long silence à peine égratigné çà et là de menus drames nocturnes. Une belette insinuée dans un nid soulevait dans un buisson proche l'anxieux pépiement des fauvettes.

Puis la terre ébranlée s'apaisa et le sang se rasséréna dans les corps.

A l'instant où un nuage voilait la lune, trois porteuses de torches qui guettaient ce signe allumèrent le bûcher.

Aussitôt monta, soufflé dans une corne, un long appel au feu; et le feu, d'abord hésitant, flaira l'entrelacs savant du menu bois, des branchages et des bûches, le visita, le palpa, le pourlécha sans hâte, avant de répondre, du clair élan de ses flammes, au salut funèbre.

La sécheresse du bois exaltait sa virulence. Il sifflait, craquait et crépitait. Et le mort dont la blanche silhouette bombée au ventre se discernait encore un moment plus tôt ne tarda pas, après l'éclatement sec des viscères, à partir en lambeaux sous les multiples coups de bec du vautour rouge.

Quand le jour apparut, ce fut Vlasta qui plaça dans l'urne les cendres et quelques fragments d'os; elle y joignit trois mesures d'orge, le ceinturon ciselé où deux faucons entrecroisaient leur bec, et, sorti du fourreau, le glaive. Selon la loi, c'était à celui ou celle qui avait tué (et non, comme pour les trépas ordinaires, à l'époux ou l'épouse) de rendre à sa victime les derniers honneurs, – comme si, entre deux êtres, la mort donnée et la mort reçue créaient *in extremis* l'intimité suprême.

Puis elle enterra l'urne, en prenant bien soin de tourner l'orifice scellé vers le bas.

CHAPITRE II

TROIS RENCONTRES POUR MILENA

Il avait plu et le soleil resurgi dardait sur la forêt ses rayons obliques. L'irréelle clarté qui inscrivait troncs et faisceaux de branches dans le tremblant réseau d'une toile d'araignée géante paraissait d'emblée spectacle interdit. Dans le scintillement fugace de milliards de gouttelettes suspendues se répétait sans fin, dilapidée, intacte, la redoutable splendeur du créé.

Milena se faufilait par le sous-bois. Son panier d'osier battait contre sa cuisse. De temps en temps, se dissimulant à demi derrière un tronc, la joue égratignée par l'écorce, elle écarquillait les yeux, tendait l'oreille, – et l'angoisse la frôlait à pénétrer le territoire sacré de Mokos, versatile déesse de l'humide et du féminin. Mais bientôt, à se couler ainsi seule, dans la mouvance des filaments d'or, la jubilation fusait, culbutait la prudence, et ses jambes s'élançaient en bonds espiègles, l'emportaient par-dessus souches et frondes.

Un craquement de branches derrière elle lui fit faire volte-face et mit son sang en émoi.

C'était Mio, le nabot dont le visage rougeâtre et narquois se détachait dans une lucarne de feuillages. Habitué à s'insinuer partout sans frôler un rameau, il semblait penaud de s'être trahi.

Elle tapa du pied et, faisant tournoyer son panier comme un moulinet, l'en menaçait.

« Tu m'as effrayée, moustique, le réprimandait-elle. Qu'as-tu à courir toujours derrière les filles ? »

Il tira de deux doigts sur ses paupières, dénudant le bord des cavités roses où logeaient ses petits yeux érectiles et pétulants.

« Je suis un œil, dit-il. Ce que d'autres touchent, je le couve, ce que d'autres caressent, je le lorgne; ce que d'autres pétrissent de leurs mains, je le reluque. Mon œil se pourlèche, se délecte et furète; mon œil lape, fouine et gobe, il enrobe et il dérobe. Je suis un œil, petite ! Laisse mon œil trotter à tes basques ! Tu laisses bien, aussi, le vent jouer dans tes jupes, le feu te rosir les joues devant l'âtre, l'eau clapoter sur ta peau, les fruits fondre sur ta langue, l'odeur des bois t'emplir les narines. Des flux te traversent de part en part : le respiré, le mangé, le bu; ton corps est la croisée des chemins. Y passent, besace au dos, les cinq sens et leur escorte : tout ce que tu vois et tout ce qui te regarde; ce que tu goûtes et qui te goûte; ce que tu flaires et qui te flaire; ce que tu palpes et qui te palpe, ce que tu entends et qui t'écoute. Corps de Milena ! Moulin ouvert à tous les vents ! Seul, mon œil serait de trop ! »

Et tout en parlant, il s'était mis à tournoyer, à exécuter pirouettes fouettées et culbutes, suspendant sa harangue, le visage dans l'étau de ses cuisses. Milena riait :

« Un simple bandeau sur les yeux, et c'en serait fait de Mio !

– Pas si vite », dit-il en se rétablissant illico sur ses courtes jambes torses. Puis écrasant de l'index son volumineux appendice nasal : « Mio est aussi un nez ! Un nez qui jamais ne se trompe, qui flaire, halète, quête, et lève partout l'odeur des femmes !

– Mais, par les quatre horizons, que leur veux-tu aux pauvres femmes pour les harceler ainsi ?

– Et toi, que veux-tu aux framboises pour les enfourner par poignées dans ta bouche ? Que veux-tu à la galette de mil pour y découper d'aussi voraces demi-lunes ? Et que veux-tu à l'eau pour la lamper, le nez dans la source, comme je te l'ai vu faire, hein ?

– J'ai faim, j'ai soif.

– C'est aussi ma réponse. J'ai soif des femmes, des paroles claires et moqueuses qui coulent de leurs lèvres, et des jurons qu'elles lâchent quand le fil de l'écheveau casse, et de leurs chansons et des gémissements que d'autres leur arrachent. J'ai faim de leurs bras nus dans le va-et-vient des fléaux et de leurs ongles qui courent sur la quenouille. J'ai soif de la moue grimaçante qu'elles font en se soufflant les mèches hors du front, et du coude replié dont elles s'abritent les yeux au soleil pour te regarder approcher. J'ai faim de leurs aisselles profondes où frise un lichen sombre. »

Milena le tança en riant de son index levé :

« Ah ! Mio ! »

Juché sur une souche pourrie où il trônait comme un kobold, il porta sa grosse main aux doigts boudinés sur son cœur pour protester de son innocence, et ses yeux brillaient de malice.

« Je suis laid, piètre, minime. Quelle femme ouvrirait ses cheveux pour y laisser rouler la tête d'un mirmidon ? Au banquet des amours, ma place n'a pas été retenue. Dois-je gémir, Milena, déplorer ma piètre apparence ? Ne me chasserais-tu pas si je me lamentais ? Le rire m'ouvre les portes que les pleurs me claqueraient au nez. J'ai choisi de me glisser parmi les lechys et les domovoïs, – le petit peuple nombreux, saugrenu, biscornu, excentrique et noueux des esprits de tout acabit qui hantent forêts et hameaux. Les humains sont le spectacle favori des divinités de tout rang, – leur kermesse et leur foire. A cette ripaille-là, je me faufile, ni vu ni connu, et me fiche ma ventrée de rires, de frasques et de couleurs avec l'innocence de l'âne qui se remplit de foin. Y a-t-il là à redire ? »

Milena, qui s'était tenue à distance, avança de quelques pas et demanda à brûle-pourpoint d'une voix basse :

« Et à Widowlé, y as-tu été ? As-tu été chez les filles ? »

Mio, triomphant, croisa les bras sur sa bedaine :

« Pour sûr que j'y ai été. J'y entre et sors comme un courant d'air. »

Il se mit à détacher brin par brin les débris de gratteron qui s'étaient accrochés à la bure de son sarrau et, tout en feignant de s'absorber à sa tâche, surveillait du coin de l'œil l'impatience de Milena. Elle grattait d'un ongle nerveux le lichen gris qui mouchetait tout juste devant son nez une branche de sapin. Soudain, n'y tenant plus :

« Comment est-ce là-bas ? » demanda-t-elle.

Il balança doucement la tête, les yeux mi-clos :

« C'est un monde comme il n'en existe pas de Smolensk à Byzance, comme n'en ont vu ni les Syriens marchands d'eunuques et d'épices qui sillonnent les mers et les déserts d'Orient, ni les Varègues de Kiev qui descendent au printemps le Dniepr avec leur cargaison de martre blanche et de renard noir, ni les Maures, ni les Lombards, ni les princes de Ravenne – un monde qui leur ferait écarquiller des yeux tout ronds. Je t'y mènerai, et tu diras aux enfants de tes enfants qui le répéteront aux leurs jusqu'à ce que casse le fil des temps : j'ai vu un monde que les dieux n'avaient pas prévu, un monde sans une ombre de poil au menton ! Ah ! Ah ! – un monde que même le nain Mio, ce fou des femmes, n'aurait osé rêver ! »

Les joues de Milena s'empourpraient et l'attention écarquillait ses yeux.

« C'est une ruche, poursuivait-il, toute bourdonnante de chants, de cris et des « han » rageurs qu'arrache l'effort. Ici, une troupe d'elfes armés de lourdes haches débite les tronçons en madriers ou équarrit les fûts. Là, des mains, que tu as vues tantôt travailler la pâte, mélangent aux cailloux la terre limoneuse pour les coffrages tandis que d'autres, hier habiles à l'aiguille, dressent et consolident les poteaux des palissades. L'argile, amalgamée à la paille hachée pour les torchis, mouchette joues et fronts, enfarine les cheveux; et sur l'esplanade, qu'enserre déjà une sévère palanque, les flèches sifflent, les massues rebondissent, les épées se croisent à grand fracas et les chevaux font voler la pierraille sous leurs sabots. Mais ce bruit de fond, je l'ai déjà entendu ailleurs : c'est celui des guerres qui se préparent. Je le crains comme les bouillonnements de lave au giron des cratères. Je sais des hommes, autour du roi, qui rêvent les filles mortes et, de leurs casques fendus, voir couler sang et cheveux.

– Ah! tais-toi! dit Milena. Les paroles dites haut s'envolent et cherchent d'autres oreilles encore où faire leur nid! Tais-toi! »

Mio se frappa du poing les lèvres en signe de contrition et gémit tout haut en se trémoussant :

« Ah! pardonne, petite reine, pardonne! Tu dis vrai et je suis un sot! »

Milena, d'un geste prompt des deux mains, le médius chevauchant l'index, écarta les esprits mauvais. Et son visage lisse était barré de deux rides sévères entre les sourcils.

Une branche mise en mouvement par l'envol furtif d'un rouge-queue gouttait en silence sur le crâne dégarni de Mio, qui se tenait immobile et déconfit, la tête rentrée entre les épaules.

A le voir ainsi, penaud, Milena éclata de rire.

Sans transition, comme un chiot réveillé d'une chiquenaude se prodigue aussitôt en gambades, il pivota sur lui-même et replongea dans son récit.

« Quand tu viendras à Widowlé, d'autres rumeurs encore t'accueilleront qui, pour moi, mettent les autres en sourdine : le shnik-shnak coquin du hachoir, le srk-srk bougon du pilon dans le mortier, le gll..ii suave du gruau qui coule au poêlon, et, dans l'âtre, le feu qui pouffe de rire au cul des chaudrons ! Ah ! ah ! et la pâte molle qui s'écrase, watch watch... sous les gifles qu'on lui distribue à la volée ! Et les odeurs... Milena... les odeurs qui nous ouvrent l'espace et nous délivrent de la pesanteur de nos fesses ! Les odeurs sans lesquelles nous ne serions, ô misérables, que des bipèdes privés d'ailes ! Elles te pleuvent à l'âme du haut des poutres noires où se balancent doucement les gerbes liées de millepertuis, de serpolet, de lamier blanc, de chicorée sauvage et de mauve – et, dans un coin secret, les solanées, filles de l'ombre, lâchent en séchant les pets silencieux de leurs rêves empoisonnés. Ah ! et je ne te parle ni des jambons fumés au bois de genièvre, ni de la soupe de pommes et de merises, qui t'emplit d'une telle douceur en cuisant que tu cherches désespérement des yeux à qui tu pourrais bien demander pardon ! Mais le pire vient encore, Milena, qui marie deux tortures et deux ravissements. Aïe aïe !... c'est que tous ces effluves, je les retrouve, à peine altérés, aux cheveux des filles quand je me glisse à leurs veillées. »

Tête renversée, il aspirait de grandes goulées d'air, et ses narines mauves palpitaient comme les ouïes des carpes hors de l'eau.

« Avec les mots qui se disent et qui se chantent à Widowlé la nuit, tu pourrais, si tu les mettais bout à bout, tendre des passerelles entre les étoiles. J'y ai entendu des récits qui, d'épisode en épisode, serpentaient si loin que les premières lueurs de l'aube en blanchissaient à peine la queue. Quel homme n'envierait parfois ma petitesse, l'emballage torse et cabossé qui tient ensemble mes muscles et mes viscères et qui me vaut de m'introduire où les mieux faits n'ont pas accès ! Ah ! ah ! ma douce revanche, quand l'une ou l'autre m'apercevant me lance d'affectueux quolibets et me tend dans ses mains de la bouillie de mil, riant à gorge déployée de ma langue qui la chatouille en s'immisçant entre ses doigts ! Il est des nuits où, m'enivrant de cervoise, elles me font danser sur les ballots de foin ou défier, armé d'une louche, toute une troupe de Huns ou de Sarmates. Il est d'autres nuits où elles m'ignorent, où quelque altercation les a raidies, où passe le fantôme d'un enfant laissé au village, d'un amant qui a trahi, d'un frère dont la malédiction les a atteintes. Le chemin est court de la jubilation à l'abattement, et nombreuses les passerelles qui joignent les deux bords ! Vois-tu, elles n'esquivent rien, elles ne rusent ni avec le désarroi ni avec le doute ni même avec le désespoir qui les visite parfois l'une ou l'autre. Je ne crois pas en avoir vu une seule se gausser des larmes d'une compagne, mais j'ai vu des mains amies qui essuyaient une joue, caressaient des paupières, enlaçaient des épaules. Ce n'est pas sans tourment qu'on rompt avec son clan dans un pays comme le nôtre où l'élémentaire sagesse commande de se serrer les uns aux autres, de faire front ensemble contre les hordes, la peur, le froid, un pays où les étendues sauvages sont si vastes que les parcelles défrichées par les humains doivent ressembler, vues d'en haut, à de risibles trous de mites dans les tapis du roi de Perse ! Ah ! on ne peut pas dire qu'elles rusent avec le tragique, les filles de Widowlé, qu'elles baissent les yeux devant Perun[1] !

Mio s'était mis debout sur sa souche, le menton haut, la mine altière; un reflet lumineux, égaré entre les feuillages, casquait de bronze son crâne poli.

« Elles accueillent tout sans ciller, le féroce et le tendre, l'amer et le doux, ce qui déchire l'âme et ce qui la ravaude. Sur leurs sistres et sur leurs pipeaux, il n'est pas une note qu'elles auront lais-

1. Dieu de la foudre.

sée injouée, et, avant que la mort ne les culbute, elles auront bouclé le grand tour. »

Puis, soudain, le visage assombri, il se prit à marmonner :

« La peste soit de ces bousiers assemblés autour du roi. Eux ne connaissent de la vie que le fond brenneux de ses culottes et croient la braver par-devant ! La peste soit d'eux ! Ah ! si tu les voyais activer leurs mandibules autour du crottin fraîchement déposé de leurs lois, tressauter dans leurs corsets chitineux ! Milena, je te le jure, foi de Mio, je ne suis pas prévenu contre eux, et, même lorsque certains me lancent des cailloux ou s'amusent à me cracher à la figure leurs noyaux de cerises, je me dis : Mio, ne te fâche pas, tu pourrais, par quelque hasard du sort, être la main qui lance ou les lèvres qui s'avancent en cul-de-poule, tu pourrais être la pierre ou le noyau. Mio, ne fais pas l'indigné ! Mais à les voir, de leurs balais de fer, nettoyer nos espaces, la colère me tord les bras et j'appelle la tempête. A les voir parquer dans l'enclos domestique nos licornes et nos chimères, élaguer nos buissons ardents, mon sang grogne à mes oreilles. »

Il s'était mis à quatre pattes et montrait ses crocs comme un molosse.

« Ah ! cesse, Mio, cesse ! Le vent cassera ce bois mort. Que nous importent leurs simagrées ! »

Et, ramassant d'une main ses jupes, elle se mit à danser autour de lui et à fredonner la rengaine que chantaient les femmes au lavoir :

Les as-tu vus frémir
Aïe Aïe
Ceux à qui pousse la barbe
Aïe Aïe
Les as-tu vus frémir
Aïe Aïe
Quand sur des chevaux fous
Aïe Aïe
Ils les ont vues passer
Aïe Aïe
Quand sur des chevaux fous
Aïe Aïe
Ils les ont vues passer
Les filles de Widowlé!

Et Mio se pâmait, la narine ouverte, béat, éventé par ses tourbillons.

Riant aux éclats, elle le coiffa de son panier et, s'emparant des larges mains rouges qui barattaient le vide au bout des bras torses, elle l'entraîna dans la danse. Il tourna, fouetté comme un toton, avant d'aller rouler dans les framboisiers. Alors, s'emparant prestement de son panier, elle s'échappa en courant, lui criant encore, avec un pied de nez, de ne plus venir, moustique, bourdonner dans son sillage.

Griffé d'épines et la fesse au frais dans une mousse gorgée d'eau, il la vit disparaître derrière un buisson de sureau. Les grappes noires oscillaient, lourdes, aux branches qu'avaient dérangées son passage, et quelque chose comme une vapeur blanche restait de l'envol de ses jupes.

A peine avait-elle quitté la forêt et rejoint le chemin, qu'elle se trouva nez à nez avec Barbora, la vieille entremetteuse, la sorcière.

Sous les vieux chiffons qui l'enveloppaient, la boîte crânienne de la vieille allait se réduisant doucement comme un tubercule, et la peau, devenue trop grande, formait des plissements mouvants où la malice, quand elle parlait, faisait courir des vagues.

« Ah! petite, petite, roucoula-t-elle, sais-tu que tu troubles un sommeil? Approche, approche! »

D'une saccade impérieuse elle la tira vers elle par l'anse du panier, – et la brusquerie de ce geste contredisait le miel de la voix. Milena retrouvait intacte la répulsion qu'elle éprouvait toute petite quand la vieille, surgissant à l'improviste, la saisissait par les nattes et lui collait le visage contre son ventre, riant aux éclats à la voir se débattre.

Elle la repoussa avec véhémence.

« Hé hé! doucement », glapit Barbora en grimaçant.

Déjà, le désordre des chiffons fripés avait lâché au nez de la fillette cette odeur de tubéreuse pourrissante, à mi-chemin du végétal et de l'organique, qui faisait participer la vieille de deux règnes.

« Fi, petite ! Est-ce ainsi qu'on traite une aïeule plus mal fichue sur ses deux jambes que, sur son manche à balai, l'épouvantail solitaire ?

– Que me veux-tu, dis ?

– Je te l'ai dit : tu troubles un sommeil, c'est Radek qui m'envoie.

– Et que veut-il de moi, ton Radek ?

– De toi ? Rien. (Un ricanement découvrit ses chicots rouillés.) C'est toi qu'il veut.

– Pouah, vieille ! Est-ce que je cours te chercher si je prends feu ? »

Les petits yeux noirs de la vieille pétillaient sous la fripure grise des paupières.

« Hé ! sais-tu pourtant que les meilleures messagères d'amour sont les charognes ? Hé ! le sais-tu ? »

Elle lui saisit le menton de ses griffes pour la contraindre à tourner vers elle ses yeux.

« Regarde-moi bien et hâte-toi de vivre. Il est court, le chemin qui va de Milena à Barbora. Regarde ! Court, le chemin de cet éclat que je te vois, – goutte de sang dans du lait, – à la première dent que tu cracheras à la dérobée dans ta main ! La jeunesse est une cavalière d'enfer, une cravacheuse de rosses, une creveuse de montures, une éreinteuse, ta ra ta ra ta ra, elle fonce, elle fonce, la garce, abandonnant en chemin les cavales qu'elle éreinte, bondissant de croupe en croupe – ta ra ta ra ! Ton temps vient, petite, où le frisson de peau qui t'enveloppe flottera sur tes os comme un sac trop grand. Ta ra ta ra ta ra ! Hâte-toi, Radek t'attend. Il a vu tes seins commencer de bourgeonner sous ton caraco et en a perdu le sommeil. Il t'a vue, tantôt, t'accroupir pour pisser derrière la haie, et la paix l'a abandonné. »

Milena fit voler en piaffant les cailloux sous ses pieds, – et lui tirant la langue :

« Bêêê – Voilà ce que je lui fais dire à ton Radek ! Et toi, que les dovoroïs t'emportent ! Le vieux sac rapeux, c'est ton paquet d'os qu'il contient sur l'heure, pas le mien ! Va t'offrir à Radek en échange, s'il est pressé ! »

La vieille cracha de dépit en grommelant :

« Petite effrontée ! Tu ne seras pas la première qui, pour s'être refusée à l'homme qui la veux, restera en jachère ! Le champ a-t-il à choisir le soc qui le laboure, je te le demande ? Tu ne seras pas la première, petite sotte, qui, pour avoir repoussé le désir de l'homme, ne connaîtra, au lieu du feu d'un corps où bout le sang, que celui de l'âtre où cuit la soupe... Ah ! ah !

– Laisse-moi en paix.

– Tu naîtras comme chacune, ma colombe, aux mains de l'homme qui te pétrira comme miche et te poussera au four chaud de sa faim... oui, ma colombe, comme chacune...

– Tu mens : tu ne parlais pas ainsi tantôt au lavoir.

– Cette nuit, l'eau de l'étang était noire; ce

matin je l'ai vue verte et claire comme ton œil. Est-ce la même eau ?

– Pourquoi me veux-tu du mal ?

– Crois-tu, petite, qu'il faille haïr le blé pour le battre à coups de fléau ?

– Va ton chemin, laisse-moi en paix. »

La vieille changea de voix et, comme si elle eût tiré la cordelette d'une bourse, ses lèvres se froncèrent pour former un baiser :

« Tu me plais, petite : la crasse niaiserie de la prime jeunesse n'a pas évidé ta tête. Viens, viens, approche. Mes yeux ont soif et faim de ta peau, et moi, je te donnerai à manger et à boire des mots et des sortilèges. »

Elle la tirait doucement à elle par un pan de sa chemise, et Milena, dont la curiosité était alertée, se laissait faire. Seuls, ses cils comme de minuscules ailes battaient une cadence inquiète. La vieille l'entraîna dans une petite enclave verte que formaient des aubépines en bordure du chemin et la fit asseoir par terre. Accroupie près d'elle, son buste osseux et voûté émergeant du tas croulant de ses jupes, elle irradiait une royale et exécrable beauté de vautour.

« Prends garde, Milena, à l'orgueil qui est en toi. Prends garde. Il te tient le menton au-dessus des eaux, mais c'est au royaume glauque de la noyade que la révélation guette les âmes. »

De la pointe d'une verge d'osier qu'elle avait été chercher dans le fouillis de ses jupes, elle effleurait le front de Milena et lui dessinait aux tempes des arabesques.

« Ne crains pas de boire la tasse et de couler à pic. Celle qui veut esquiver la défaite restera à la surface des choses et ne naîtra jamais. »

Elle suivait maintenant au cou, du bout de sa baguette, le tracé bleuté de la carotide.

« Chaque fois qu'il voudra ton petit corps fendu, baise-lui les mains. Chaque fois qu'il te harassera de ses chevauchées, baise-lui les mains. Car c'est ta liberté qui se prépare. Et même si l'amour te prend, – l'atroce amour qui ne connaît que lui – ne crains rien. Il te recrachera mâchée, rompue, sur des rives où tu n'aurais jamais sans lui pu rêver parvenir.

« Tu me veux le mal, dit Milena en tressaillant. Je ne suis pas une rasade d'eau dont ton Radek peut se rincer le gosier.

– Se sent-elle humiliée, l'eau, la belle eau d'être bue, je te le demande ?

– Tu me veux le mal, dit Milena que gagnait la moiteur. Sont-ce là les abjects secrets que tu me promettais ? »

Et se tordant soudain les mains avec rage :

« Je veux être Vlasta ou personne.

« S'il en est ainsi, répliqua la vieille avec hargne en lui cinglant le visage de sa baguette, tu ne seras personne. »

Les larmes giclèrent aux yeux de la petite. Portant la main à sa joue cuisante, elle lui cria :

« Charogne ! »

Mais quelque chose d'innommable la retenait de fuir. Les doigts osseux lui dénudaient l'épaule en la caressant.

« Chut ! Chut ! murmura tout bas la vieille. Ne crie pas si fort, on nous entendrait du chemin. »

Sa voix s'était faite si ténue que Milena dut s'arrêter de pleurer pour l'entendre.

« Que sais-tu de Vlasta, dis-moi ? Crois-tu que ce visage austère, indifférent et primitif qu'à Rome, disent les voyageurs, on voit aux statues des déesses, naît autrement que sous les coups violents du ciseau ? Que sais-tu de la poussière et de la boue où Vlasta a roulé sa tête ? Et des pieds nombreux qui ont foulé son corps de guerrière ? Hein ! que sais-tu de tout cela ? Va ! Tout humain digne de ce nom a été esclave et proconsul à Babylone, et tu trouverais au dos des empereurs le tracé mauve de l'ancienne cravache. Il n'est qu'un seul élan qui porte haut, et c'est la chute.

– J'irai à Widowlé, articula Milena avec la voix blanche de la colère, j'irai chez les filles, et nous lâcherons sur toi les louves, si tu approches.

– Petite sotte ! Je les connais, les filles ! J'étais là aux derniers solstices d'été quand elles roulaient aux bras des hommes, à baiser et à mordre. J'ai dansé aux mêmes fêtes qu'elles. Elles ne sauront que faire d'une oiselle comme toi ! Crois-en la vieille Barbora : si tu veux aller à Widowlé, le plus court chemin est encore le plus grand détour. »

Une nichée de chardonnerets se prit à piailler dans le bosquet, et tout un joyeux désordre d'ailes mit en émoi le feuillage. Milena rajusta sa chemise et sauta sur ses pieds.

« Aujourd'hui Mio m'a fait rire et, toi, tu m'as fait pleurer – et par votre faute, voilà que je ramène à la maison un panier vide. J'irai voir Flora la passeuse, celle qui lève les sorts que tu jettes et qui sait effacer, sous les paupières, toutes les images dont l'œil a été écorché.

– La passeuse aide à naître et à mourir, mais entre les deux seuils, c'est le royaume de Barbora.

– J'irai pourtant, car ses mains sont aussi douces que les tiennes griffues.

– Et moi, j'irai chez Radek et je lui dirai...

– Tu lui diras que je crache quand j'entends son nom.

– C'est promis. Je lui dirai que l'eau te vient à la bouche quand tu entends son nom.

– Et que ma gorge se noue.

– C'est promis, et que ta gorge tressaille.

– Et que mon ventre se révulse.

– C'est promis, et que ton ventre s'impatiente.

– Et que, toujours, même toute petite, quand il passait sur son cheval, je détournais la tête avec dégoût.

– C'est promis, et que toujours, même petite, quand il passait sur son cheval, tu rêvais d'être sa pouliche.

– Et que, de ma vie, je n'accepterai de le voir.

– C'est promis, et que d'ici huit jours, à la pleine lune, il t'attende dans ce bosquet. »

Flora pilait des graines au mortier quand Milena poussa la porte de sa cahute. Dans le châle qu'elle portait, noué autour d'une épaule, se balançait à la cadence de ses gestes la tête duvetée d'un nourrisson endormi.

« Ah! te voilà, petite aube! lança-t-elle en apercevant la fillette. Installe-toi là en attendant et regarde-moi faire. Je n'en ai plus pour longtemps. »

Avec un soupir d'aise, Milena se laissa choir sur une peau jetée à même la terre battue. Et, couchée sur le ventre, les coudes enfoncés dans le poil épais, elle tambourinait du talon sur ses fesses.

Dans le timon de lumière qui descendait de la lucarne, dansait un pollen impalpable. Parmi les brassées odorantes, pendaient du plafond, tête en bas, l'armoise et l'alchémille, la mélisse et la menthe sauvage qui dénouent aux entrailles les crampes des menstrues, le millefeuille qui assiste les mères en gésine, l'aneth qui procure un lait abondant, – quelques-unes des plantes dont les dieux ont tressé aux femmes une amoureuse couronne et qu'exaltait la poussière dorée.

« Comme on est bien chez toi! » soupirait Milena.

Elle s'était mise à jouer avec une poignée de glands répandus près d'elle et, ayant coiffé ses doigts de cupules vides, elle les faisait virer, sautiller et danser devant ses yeux, comme un rondeau de farfadets.

Coulant de temps à autre, sous ses mèches, un regard vers Flora, elle s'émerveillait de ce que la vieille irradiât tant de paix.

« Dis, pourquoi ta peau en vieillissant devient-elle si claire et transparente et celle de Barbora si râpeuse et fripée ?

– Je n'en sais trop rien, disait la vieille en souriant. Il est des corps que la vie fait fondre peu à peu, d'autres qu'elle ratatine et d'autres encore qu'elle cède en pleine sève à la mort.

– Moi aussi, je voudrais fondre tout doucement », disait Milena en continuant de jouer avec ses doigts.

Puis, s'interrompant de nouveau :

« A qui est le petit que tu portes là ? »

Flora désigna du menton un recoin au fond de l'antre :

« A cette femme. Les fièvres la brûlent depuis huit jours. »

Milena sursauta et, se dressant sur ses bras, distingua brusquement, dans la paille, un corps endormi. Elle s'effarait d'avoir pu si longtemps demeurer dans la pièce sans percevoir cette présence. Elle avança à quatre pattes vers la litière, retint son souffle. Le linge qui enveloppait la jeune femme, dérangé de remous et de plis, trahissait une anxieuse empoignade. A mieux la fixer, on s'apercevait que son immobilité de noyée n'était qu'apparente, et que les globes de ses yeux roulaient sous ses paupières; ses lèvres aussi, agitées d'infimes tressaillements, semblaient marmonner en silence.

« Guérira-t-elle ? demanda anxieusement Milena.

– Voilà toute une existence que je hante les moraines entre la vie et la mort sans connaître de réponse.

– Guérira-t-elle ? répéta Milena qui la fixait de ses pupilles dilatées.

– Les forces qui la tirent vers ici et les forces qui la tirent vers là-bas se collettent. J'ai assoupi la douleur qui la faisait crier, pour lui ménager un répit. Ce qu'elle voit maintenant, nos yeux ne le voient pas. Ce qu'elle entend, nos oreilles ne l'entendent pas, et la langue qu'elle parle, nous n'en savons pas le premier mot.

– Mais toi, Flora, s'écria la petite avec véhémence, tu la parles, la langue de l'autre rive ! Tous le disent. »

La vieille s'essuya le front du dos de la main, une soudaine tristesse aux yeux.

« Je suis lasse, petite, murmura-t-elle.

– Ma mère t'a vue grelotter au fond des transes qui t'ouvrent l'autre royaume, et ramener la vie au corps de mon frère mourant.

– Ah ! oui, j'en ai marchandé à la mort des corps transis ou baignés de sueur ; des nuits entières, j'ai marchandé. Mais je suis lasse. Mes mains continuent de s'affairer comme de prestes musaraignes : je les vois au bout de mes bras courir, s'agiter, piler, broyer, battre, mélanger sans que je les guide. Parfois, l'envie me prend de laisser mon corps s'engourdir, de me fondre à l'immobilité des pierres... Les âmes mortes perçoivent la coulée du temps non par jours ni par années mais par sursauts d'éternité. Elles voient reculer les falaises, crouler les montagnes sous des milliards d'averses, comme moi j'ai vu, en une existence humaine, reculer la forêt de cent pas aux assauts de l'essartage et grossir la butte aux urnes. Le goût de l'éternité a commencé de me gangrener. Je suis lasse, petite. »

Pendant que Flora parlait, la jeune femme s'était mise à gémir tout haut et la sueur emperlait son visage aigu. Milena, les yeux écarquillés, la fixait.

« Dois-je te le dire, petite? continua la vieille, en se laissant choir sur un escabeau proche dont la paille crissa, le monde est changé. Je ne reconnais plus les miens. La haine les soûle. Leurs yeux brillent comme des lames nues. Je ne les reconnais plus. Autrefois, quand je descendais au royaume des morts disputer une âme, le village entier s'assemblait autour de ma cahute et frappait le sol de branches de frêne, au rythme sourd des battements du cœur, jusqu'à ce que j'émerge. Autrefois, ils étaient tous là, et ma victoire était la leur, ma défaite, leur deuil. Et vois maintenant ce qu'il en est! »

Elle désigna du regard la jeune femme.

« Elle vient de Widowlé. C'est Kamila, la fille de Kosma. Les filles me l'ont amenée l'autre nuit avec l'enfant, en cachette, se faufilant comme des brigandes pour n'être pas vues, de bosquet en bosquet. Il me faut dissimuler à tous sa présence. Ses frères l'égorgeraient s'ils la savaient ici à leur merci, et moi avec, parce que je la soigne. Ils sont tous devenus fous, Milena. La haine les soûle et leurs yeux brillent comme des lames nues. Autrefois, quand ils se battaient, c'était ensemble contre les hordes qui saccageaient leurs terres ensemencées, égorgeaient gens et bétail, ensemble, épaule contre épaule, les hommes et les femmes. Mais voilà qu'ils sont tous devenus fous. »

Milena, agenouillée devant elle, enfouit son nez dans ses jupes.

« Tu la guériras, n'est-ce pas ?

– La guérir ? maugréa la vieille femme; et pourquoi, je te le demande ? Pour la rendre à l'épée qu'elle manie ou à celle qui déjà cherche son cœur ? »

Milena enlaça ses genoux et dit tout bas :

« Pour rendre ses pieds nus aux flaques d'eau qu'ils font gicler plitsch... platsch... Pour rendre ses lèvres au rebord de sa timbale, ses cheveux aux dents de son peigne, son corps au creux de sa paillasse... »

La vieille lui caressait la tête sans un mot, et Milena s'interrompit en serrant convulsivement ses genoux :

« Flora, fais-toi lourde, l'implora-t-elle, aussi

lourde que tu peux, pour que la tendresse au monde tienne la balance à la férocité.

– Je ne fais plus le poids, petite.

– Quand la fureur mord les dieux au cœur et que l'envie les prend de détruire ce qu'ils ont créé, ne suffit-il pas, parfois, d'une âme résolue ou malicieuse pour suspendre le galop de leurs cavales ? Ne dis-tu pas cela aux fillettes qu'on t'amène après les premières menstrues ? Et l'histoire, Flora, l'histoire que tu racontes alors ?

– Quelle histoire, petite ? Les histoires me quittent comme quittent leurs nids, à l'automne, les fauvettes et les rouges-queues.

– L'histoire de la ténacité.

– Je ne la sais plus.

– Moi je la sais. Ecoute... Au pays que baigne la mer, il y avait une fillette qui, en nageant, perdit dans l'eau son collier de perles. Elle courut chercher sa cuillère de bois, s'assit sur la plage et commença de vider la mer. Certains racontent qu'un voyageur qui passait par là lui fit honte de vouloir, avec une cuillère de bois, venir à bout de l'immensité des dieux. La petite perdit l'espoir et rentra chez elle. Mais d'autres disent que la nuit vint, puis le jour et la nuit encore, et le jour – et qu'elle était toujours assise à la même place, à vider la mer, cuillerée par cuillerée. Alors, à l'aube du septième jour, le dieu de la mer prit peur et lui rendit son collier. »

Flora se mit à rire.

« C'est une belle histoire. Voilà longtemps que je la dis sans plus l'entendre. »

Et elle ajouta tout bas en penchant la tête vers Milena :

« C'est bon, c'est bon : une fois encore, j'irai, je descendrai... »

CHAPITRE III

UN SOIR, UNE VEILLÉE

TANIA s'est attardée à la poursuite d'un brocard qu'une nappe de brume lui a escamoté à l'instant où elle tendait son arc. La nuit est tombée déjà quand elle voit la forteresse de Widowlé se détacher contre le ciel sombre, comme le trou dentelé d'une serrure. Seul un effort de sa volonté réussit à river de nouveau le château-fort dans le vide de sa découpure.

Une fois le cri jeté aux sentinelles et le poste de guet franchi, elle confie sa monture aux mains des filles-juments[1] et, la hanche encore habitée de galop, le pas incertain, elle se hâte à travers couloirs et escaliers.

Dans la grande salle où elle pénètre, les flammes claquent déjà dans l'âtre, hautes et fières.

Ses onze compagnes, assises au sol, grappillent dans de grandes corbeilles remplies de pommes, de noix et de galettes de mil.

1. Les filles qui, d'une pleine lune à l'autre, à tour de rôle, prenaient soin des chevaux, vivaient avec eux et dormaient dans le foin des mangeoires.

Olga qui, la première, l'a vue entrer, éclate de rire à la voir tavelée de boue jusqu'aux oreilles.

« Quelle sorte de gibier as-tu filé ? »

Tania se laisse choir au sol en soupirant.

« Les premières brumes de l'automne m'ont filouté un brocard. Ah ! mes sœurs, l'automne est sur nos talons ! Où fêterons-nous les récoltes ? Et les fêterons-nous seulement ?

– As-tu pris au piège la mélancolie ? demande Tamara aux yeux moqueurs, est-il une seule fête que nous n'ayons pas fêtée ? Ouvre plutôt les yeux et regarde-nous !

– Ah ! s'écrie Tania en considérant avec surprise leurs tuniques brodées et leurs chevelures tressées de chaînettes d'or, vous êtes belles ! De qui fêtez-vous la venue ?

– Vlasta nous a promis pour ce soir la visite de la reine.

– Libussa ! » s'écrie Tania en se levant d'un bond.

Elle libère aussitôt ses cheveux écrasés sous un bonnet de cuir et les secoue; puis, elle dénoue les brides de son sarrau et de ses chausses. Son corps émerge clair, tout juste guilloché à la taille par le métal de sa ceinture et balafré de rose à l'épaule sous la lanière du carquois. Elle vide le contenu d'eau d'une aiguière dans la vasque d'étain fixée au mur et, après s'être lavée, se glisse en hâte dans la tunique de fête que lui présente Niva.

Puis, les yeux clos, soupirant d'aise, elle laisse sa tête osciller au gré des doigts qui la peignent.

Wanda s'est mise à jouer de sa flûte de bois. Et Olga se lève. Elle tient à la main une coupelle remplie d'une substance verte. S'inclinant d'abord devant Vlasta, elle lui en offre une noisette, du bout d'une spatule d'ivoire.

Puis, elle va de l'une à l'autre, répétant son offrande, et chacune la remercie de deux doigts posés sur son front.

Après avoir elle-même ingéré le mélange, elle invoque les plantes sacrées, les adjure de ne pas faire basculer l'âme de ses sœurs du côté noir où les racines pompent le corps des morts, mais de donner à toutes cette lumière verte qui fait jaillir la sève et ouvre les corolles.

Quelques-unes commencent déjà d'enrouler leurs songes au grêle support du chant de la flûte.

Mais Tamara, la malicieuse aux pommettes kalmoukes, tout en s'ébrouant, s'exclame :

« Ah ! mes sœurs ! Ne laissons pas le vague à l'âme nous chevaucher, simplet, buté, comme un mari sa femme ! Si nous ne rions pas, si nous ne nous réjouissons pas avant que la transe ne nous happe, je vous le dis : jamais Libussa ne viendra !

– Elle a raison, se récrie Lybena, la reine n'aimait rien tant que de rire ! Rendons-lui donc ce qu'elle aimait !

– Elle aimait l'amour, s'écrie l'une.

– Elle aimait la fête, s'écrie l'autre.

– Et la malice !

– La tendresse !

– L'espièglerie !

– La langueur !

– Elle aimait l'excès et la retenue.

– Elle aimait à prendre peur et à prendre courage.

– Elle aimait à prendre feu, dit l'une.

– A prendre glace, dit l'autre.

– Chut ! laissez-moi vous raconter ! les interrompt Dagmar. Une nuit que nous campions près d'un marécage dont l'eau était bonne à boire, un orage éclata si violent que nos tentes furent emportées et que nous manquâmes d'être enlisées. Promettant à Perun un coq noir, nous nous mîmes à tout hasard à sonner dans nos cornes. Vinrent à notre rencontre, à la pluie cessante, des hommes qui portaient, à la manière des Scythes, des roseaux allumés. Ils se prirent à rire en nous voyant femmes et crottées jusqu'aux yeux. « Nous « avons souvent l'occasion, nous dirent-ils, de « venir en aide à des troupes de marchands ou de « voyageurs en mauvaise posture à ce passage dif- « ficile, mais nous n'avions, jusqu'à ce jour, pas « eu l'honneur de secourir des femmes. Vos « armes laissent deviner que vous êtes de ces « amazones du pays des Slaves dont on raconte la « bravoure et que vous n'avez pas coutume de « déléguer aux hommes la fierté de vous défen- « dre. Laissez-nous donc jouir de la rare chance « qui nous échoit en vous offrant, en tout bien « tout honneur, l'hospitalité pour cette nuit. »

Nous nous mîmes à rire à notre tour, ayant identifié leur tribu à l'agrément de leurs propos : « N'êtes-vous pas de ces descendants des Sarma-« tes dont on raconte qu'ils poussent l'hospitalité « jusqu'à offrir leurs femmes aux voyageurs qu'ils « hébergent ? – Oui, répondirent-ils, cette cou-« tume est restée chez nous à l'honneur. » Et à nous, alors, de demander en chœur, que nous offrirez-vous ? » Celui qui paraissait leur chef et dont les longs cheveux noirs dépassaient d'un étrange casque conique se gratta le menton, puis déclara en s'inclinant : « C'est plutôt à vous de « nous le dire. » « Eh bien, rétorqua Libussa, « menez-nous donc à vos maisons, et nous « demanderons nous-mêmes à vos femmes de « nous offrir, – en plus de la viande et des bières « qui nous rendront nos forces, – leurs maris ou « leurs fils. » Ainsi fut-il fait. Après nous être réchauffées de vivres, de boissons et d'amour, nous reprîmes au matin notre route et ne cessâmes de chanter et de rire jusqu'à la prochaine étape. Mais nous ne racontâmes rien à notre retour à Zubecua, car Libussa avait dit : « Gardez-vous bien de cuire et de recuire, en en parlant « trop, ce dont vous avez joui cru. »

Ce récit les a toutes mises en gaieté. Certaines qui pouffent dans leurs mains montrent, à l'écart des doigts, leurs yeux pétillants. D'autres en riant ajoutent au récit maints détails depuis longtemps oubliés.

Au bout d'un long moment, quand l'enjouement

s'est étiolé, Sharka, s'approchant du feu pour le ranimer, se laisse entraîner dans une autre vision.

« Je la vois, s'écrie-t-elle, aux dernières fêtes de l'automne ! »

Et ce qu'elle découvre dilate ses pupilles :

« Elle avance sous de longs surahs blancs que tiennent, déroulés au-dessus de sa tête, douze jeunes filles de Zubecua, et où le vent soulève des dômes.

– Derrière elle, intervient Wanda, vont les joueurs de flûte et de claquettes dont les pieds nus roulent des cailloux en dansant. Puis, les jeunes hommes, aux hanches étroites et ceintes de lanières brodées, qui tapent en cadence dans leurs mains.

– Elle renverse la tête en riant, ajoute Dagmar, et je vois comme ses dents mouillées de salive étincellent.

– Elle rit, reprend Sharka, parce qu'elle aime à tisser nos rencontres et nos jeux. Et dans ses yeux, où flambent de minuscules bûchers, s'invente peu à peu la fête. La même force qui soulève au matin, en corolles radieuses, les volubilis fripés de la nuit, loge en Libussa. A croiser son regard, le souvenir d'une fierté ancienne redresse les têtes, et une furieuse envie de vivre étreint les corps. »

En prononçant ces mots, elle-même se lève et s'étire avec délice. Et, dans le silence qui ronronne, Dagmar commence un nouveau récit.

« Un jour, deux hommes, éminents par leur noblesse et leur richesse, eurent une vive dispute au sujet de deux champs contigus. Ils se mirent un doigt sous le nez, les ongles dans les barbes et entrèrent avec un fracas bachique dans la maison de Libussa. Ils la trouvèrent allongée sur des coussins qui jouait avec une portée de chatons. Leur colère redoubla : « Quoi ! Voilà donc notre reine ! « Voilà donc celle qui juge les intérêts des hom- « mes ! Ainsi couchée, n'est-elle pas plus propre à « recevoir un amant qu'à édicter des lois pour des « guerriers ! – Calmez-vous, leur dit Libussa, la « mer n'est-elle pas couchée aux pieds des falai- « ses ? En est-elle moins apte à les faire reculer ? « Qu'est-ce qui vous amène ici avec pareil « fracas ? » Horymir se mit à hurler que Zaboj lui voulait filouter un arpent de son champ. Zaboj, quant à lui, braillait qu'il connaissait les bornes de ses terres, au point de les trouver sans tâtonner à la nuit noire. Et les yeux leur sortaient de la tête comme à des limaces. « Quels témoins, leur « demanda-t-elle, avez-vous l'un et l'autre pour « confirmer vos dires et vos prétentions ? » Leurs propos étaient si contradictoires qu'elle leur conseilla d'aller à l'endroit incriminé écouter, l'oreille au sol, lequel de leurs deux noms murmurait l'herbe en poussant. Ils allèrent écouter mais revinrent penauds en disant qu'ils n'entendaient rien. Elle leur demanda alors tout de go à quel tanneur de la ville appartenait leur peau. Cette question les offusqua. « Et pourquoi, rétorqua- « t-elle, croyez-vous alors que la terre vous appar- « tient ? La puce cachée dans un fendillement de

« la peau d'un éléphant croit-elle que l'éléphant « est à elle? Ce qui vous appartient, c'est la « récolte ou le fruit de votre effort, ce dont vos « corps doivent se nourrir. Mais la terre, pense-« petit, rêve-petit que vous êtes, comment pour-« rait-elle vous appartenir? Comment pourraient « vous appartenir le terrier du blaireau, les gale-« ries où dorment les larves, le cri de l'engoule-« vent dans un buisson voisin, la pluie qui « abreuve et la sécheresse qui craquelle? Avec qui « allez-vous marchander? Le vent va-t-il s'asseoir « à votre table? Allez-vous chercher chicane à la « musaraigne qui partage avec vous ce lopin? Et « contre quoi allez-vous la troquer, cette terre? « Contre quelques poils de votre barbe ensalivée « par la fureur? Qu'avez-vous d'autre qui vous « appartienne en propre? Ah! revenez donc à la « raison et cessez là vos infimes querelles! » Tant qu'ils se trouvèrent en sa présence, ils furent subjugués et acquiescèrent. Mais, comme leur entendement quelque peu pâteux se trouvait incommodé, voire insulté, par l'intelligence de la reine, ils en vinrent tous deux sur le chemin du retour à révoquer en doute l'aptitude d'une femme, – fût-elle reine, – à régler les affaires des hommes. Cet avis commun les réconcilia. C'était ce que Libussa dans sa malice avait escompté.

Tamara, le menton garni d'une fausse barbe de paille, mime, avec maintes contorsions burlesques, la double déconfiture de Zaboj et d'Horymir et fait rire les autres aux larmes.

Quand l'hilarité s'est calmée, Sharka se lève à nouveau, se verse à boire et reprend son récit des fêtes d'automne où elle l'avait interrompu :

« Les vieilles, murmure-t-elle tout bas comme on dit un secret, se sont réunies en cercle à la nuit tombante, et, accroupies, leurs genoux ouverts, pareils à des ailes osseuses que tend la membrane des jupes noires, commencent leurs lamentations. Elles pleurent le blé coupé, sacrifié à la faim des hommes. Elles gémissent pour rasséréner les esprits de la terre, les dissuader de se venger. Elles se tordent les mains et jettent la tête d'une épaule à l'autre, jusqu'à l'instant où Libussa d'un geste les arrête. Elle désigne au tournant de la route la joyeuse cohorte des porteurs de flambeaux qui approche. Les vieilles s'esquivent dans un froissement ténu. Deux aurochs au poitrail superbement bouclé tirent un char plein à crouler. Sur cette pyramide bringuebalante, tendue d'arceaux, flanquée de fûts et de sacs de jute, trône, menue, couronnée de verveine bleue, la fille des blés. Au milieu des tresses de paille, enlacées de viorne rouge et de morelles douces-amères, des monceaux de baies, de sorbiers et de cornouillers, au milieu des prunes, des glands et des châtaignes, des mûres, des coings et des chènevis, des têtes de pavots, des noix et des frênes, des gerbes de froment, d'orge et d'avoine, rayonne son clair visage d'enfant. Alanguie au sommet de cet édifice, elle se donne aux cahots avec l'abandon éperdu, l'absolue dignité des bêtes.

– Devant Libussa, poursuit Wanda, voilà le char qui s'arrête. La fille des blés en descend. Elle frôle des doigts la main que lui tend la reine. Et aussitôt la danse est en elle.

– Alors, dit Tamara, elle s'élance dans le champ, bondit, tournoie, virevolte. Les feuilles de bouleau dont les enfants ont cousu sa robe se détachent d'elle comme d'un arbre sous les rafales; leur tourbillon vrillé enveloppe un instant sa silhouette ondoyante et fugace. Et soudain, se laissant couler au sol, elle se roule sur les éteules dressées et rêches, s'y frotte en poussant les cris que, seule dans toute la création, pousse la fille des blés se roulant dans le chaume. Et son corps, comme multiplié par la transe, envahit tout le champ de ses soubresauts et de ses tressaillements. Ceux qui sont là et regardent ont aux yeux la pruine des vertiges. »

Tamara s'arrête de parler et sa tête oscille doucement.

« Quand les vieilles, poursuit Lybena, ont emporté le corps pantelant de la fille des blés, pour le ranimer, le frotter d'arnica et de tamier sauvage, le joyeux fracas des sistres donne alors à toutes les autres le signal de la danse. Elles s'élancent et leurs cheveux lâchés voltigent autour d'elles, cinglent au visage les garçons massés à la lisière du champ et qui, jarret tendu, n'attendent pour bondir que l'appel du buccin. Les yeux se cherchent, des nez froncés se narguent, des regards biaisés se défient. L'air fouaillé de tourbillons, cinglé de sauts et de bondissements, crissant d'impatience, se respire déjà comme une drogue. Il n'est vieillesse, maladie ni infirmité dont le garrot ne se relâche pour une nuit. L'allégresse est dans tous les corps. Les yeux, tantôt suintants et ensablés des vieux, luisent comme escarboucles, éclairent leurs radieuses grimaces de kobolds et de démones. C'est la nuit où les dieux prennent leur plaisir parmi les hommes.

– Et voilà, dit Wanda, que le buccin retentit et que les garçons s'élancent. Ils s'emparent des mains qui volent à leur rencontre, quêtent celles qui se dérobent. Chaque corps cherche l'arabesque qui le double.

– Ah! sœurs, gémit soudain Tania, nous ne danserons plus, nous ne serons pas de la fête! »

Un murmure de réprobations monte aussitôt. Et Sharka lui lance, irritée :

« Eh! ne viens-tu pas de t'y rendre? Ne sais-tu plus voyager en écoutant?

– La foi en nous te quitte-t-elle! » s'écrie Zena.

Olga, doucement, lui caresse la main et, d'une voix lente qui s'insinue dans la mémoire :

« Oui, Tania, nous irons à la fête des blés, même si le sort nous en éloigne. Nous irons, glissées comme couleuvres au corps des fillettes. Et pour nous tout sera neuf. Nous aurons part à la houle des corps. »

Mais Vlasta, du bout de son pied, renverse une corbeille emplie de noix qui s'en vont rouler en tous sens dans un bruit de crécelle.

Elle ne dit rien.

Les autres aussi se sont tues.

Bientôt, on entend un cheval hennir – un long hennissement qui soulève le couvercle du silence pesant comme d'un coffre et le laisse lourdement retomber.

Tamara court regarder par les archères dans la cour, puis vers la campagne. Mais son œil, accoutumé à scruter les immensités et à discerner par la plus mince lune une harde de cerfs aux confins de l'horizon, ne voit rien qui bouge.

Le cheval hennit en rêve.

Chacune s'interroge en elle-même sur l'itinéraire de sa course nocturne. Qui porte-t-il en croupe? De quelle bataille ancienne ou à venir sonne-t-il la charge? Soulève-t-il la poussière âcre de la steppe? Ou traverse-t-il un sous-bois, les yeux fouettés de branches?

Le branle est donné à la mémoire. Les choses s'éveillent.

On peut entendre bruire le feuillage des arbres dont sont taillées solives et lambourdes. Et, du granit des murs, sautent les étincelles qu'y alluma autrefois le ciseau du carrier.

C'est l'heure où des passions anciennes et sans support cherchent des corps, où des querelles inassouvies font cliqueter au fond d'un bahut des lames rouillées, où les lèvres balbutient des idiomes inconnus, – l'heure où les âmes transhument.

Du silence qui, de temps à autre, croule avec les

braises, montent des soupirs, des bribes de phrases, des invocations.

Le bout des doigts devient plus sensible que les lèvres. Des gestes vont de l'une à l'autre, comme ces pièces rares qui passent de main en main au marché de Ztibebe.

Pour certaines, la douceur qui les prend est de peau et de chair. Leurs seins s'alourdissent; parfois une verge tiède qui les cherche se cogne à elles comme un mufle. Pour d'autres, la douceur est de feuille et de mousse, et l'humidité les gorge, le pourrissement délicat de l'humus les dissout. Pour d'autres encore, elle est de fraîcheur et de pierre, – dalle blanche, où la fontaine tend inlassablement son eau filante que troue le bec d'un oiseau venu boire.

Assise sur ses talons, Vlasta fixe la fente sombre de la meurtrière en face d'elle. Se cachant le visage dans les mains, elle semble réprimer un cri ou un spasme. Mais soudain, monte d'elle, clair et limpide, comme cristal heurté de l'ongle, un rire qui grelotte interminablement et que chacune tressaille à reconnaître : le seul rire de la reine.

De ce moment, Libussa est au milieu d'elles.

Quand elle vit que ses jours de sable avaient coulé entre ses doigts, Libussa rassembla toutes les filles de sa garde et les contempla. Sa fierté était grande de les voir aussi unies.

« Sœurs, dit-elle, je ne sais où la mort me mène ni quels chemins vont désormais fouler mes pieds de morte. Je ne sais où ma tête va rouler son sommeil, ni au creux de quelle pierre, ni au creux de quel cou. Je ne sais quel corps la mort nous donne, ni quelle mémoire ni quel oubli. Aussi je vous laisse, pour jouer avec, mes mots et mes images. Parlez quelquefois, entre vous, des yeux qui donnaient à Libussa le monde, des mains qui palpaient à Libussa les choses, des pieds qui foulaient pour Libussa la terre. Parlez quelquefois, entre vous, des dents qui broyaient à Libussa le gruau et les noix, de ses lèvres frôleuses et des reins où somnolait sa force. Souvenez-vous qu'elle fit de chacune de vous ce que le sort l'avait faite : reine. Et gardez-vous de cette maladie honteuse que contractent parfois les humains à vouloir être soumis et gouvernés. Femmes, mes sœurs, souvenez-vous de Libussa à qui le sort mit un sceptre entre les mains et qui le levait vers le ciel pour vous apprendre le nom des étoiles. »

Aux derniers printemps de nombreux marchands varègues avaient traversé la Bohême avec leurs ballots de fourrure de martre et de zibeline qu'ils allaient troquer à Byzance. Au retour, ils déroulaient, à l'émerveillement de tous, des soies si impalpables que, seuls les fils d'or dont ils étaient tissés les retenaient au sol. Ils racontaient des scènes de la vie des pays qu'ils avaient traversés, les coutumes, les lois, les folies qu'ils y avaient rencontrées. Parmi bien d'autres choses, tous disaient avoir trouvé partout les femmes sous la domination des hommes. Et, étrangement, de toutes les merveilles ou cruautés qu'ils narraient, cette réflexion, sans qu'on sût bien pourquoi, tirait à elle, comme une gaffe hérissée de crocs, l'attention des hommes qui écoutaient.

Certains commençaient alors de poser des questions. Ils voulaient savoir ce que faisaient ces hommes-là quand la peur les prenait, quand ils se savaient faibles, quand une once de hardiesse leur manquait pour mener à bien une action. A qui s'adressaient-ils? Sur la complicité de qui pouvaient-ils compter? Et leur âme ne s'estropiait-elle pas à toujours hancher sur la seule domination? Et qui détenait là-bas les fiers secrets de la naissance et de la mort? Et connaissait-on encore les jeux multiples de l'amour? Mais les marchands ne savaient pas les réponses. L'un d'entre eux allégua qu'il était aussi vain de tenter d'expliquer ces choses que de leur décrire, à eux qui n'en avaient jamais mangé, le goût d'un grain de grenade. Un autre jeune marchand qui avait adopté le caftan des Syriens et dont la peau, hâlée par le soleil des sables, rendait plus éclatantes les dents superbes, se contenta de rire pour toute réponse. Et ce rire hantait certains hommes de Zubecua; ils voyaient en rêve se lever vers eux d'admirables yeux de bête dont l'expression de fervente soumission les envoûtait, les laissait au réveil doucement écœurés.

Aux assemblées qui se tiennent autour de Libussa s'élèvent, de plus en plus souvent, des voix impatientes.

« Pourquoi, disent les uns, ne prends-tu pas, parmi nous, un mari pour te seconder dans tes charges ?

– As-tu remarqué, disent les autres, la stupéfaction des Khazares venus négocier une alliance quand, à la place du Khan qu'ils attendaient, ils te virent, Libussa ? »

Parfois Kosma, Oldrich ou Lumir interviennent pour les faire taire :

« En cinquante jours, disent-ils, les cinquante fils d'Attila ont réduit à néant le colossal empire de leur père. Les deux filles aînées du roi de Bohême, en cédant à la seule cadette, Libussa, leurs droits à la succession, ont fait de ce royaume un havre. »

Mais le ver est dans le fruit, et le bec de fauvette le plus aigu ne l'en extirpe plus.

Il arrive à Libussa de sourire pour toute réponse. Il lui arrive aussi de prendre la parole et de les confondre.

« Qu'en est-il de vous, hommes de Bohême ?

Avez-vous pris peur de vous voir libres ? Comme des arbres assaillis de lichen et dont la sève se retire, vous voilà saisis d'une sournoise envie de reddition et désertés par la bravoure. Voilà qu'au fond de vous-mêmes, vous déclarez forfait. Vous êtes las, soudain, de ne pas pouvoir vous en remettre en toutes choses à un maître. Et vous vous irritez de ce que je vous renvoie toujours à vous-mêmes et à la nature. Mes directives vous paraissent imprécises parce qu'elles sont semblables au cours d'eau qui contourne le bloc de pierre et épouse la pente et les serpentins du vallon, fluctuantes comme les choses créées. Vous me croyez faible parce que je ne vous fais pas sentir ma force. Vous me croyez débonnaire parce que je ne vous gouverne pas avec une verge de fer. Vous me croyez pusillanime parce que je n'extorque pas au charron, au forgeur, au cardeur, au tisserand, au tonnelier le fruit de son labeur. Vous me croyez légère parce que je ne vous écrase pas d'une richesse à vous soutirée. Vous me croyez distraite parce que je ne joue pas à diviser et à dresser les clans les uns contre les autres. Vous me croyez lâche parce que j'écarte de Bohême les calamités de la guerre. Un esprit délétère s'est glissé parmi vous. J'en vois qui thésaurisent et s'approprient plus de biens qu'ils n'en ont besoin. J'en vois même qui en font travailler d'autres dans leurs champs, sous prétexte de les prendre en charge comme leurs propres enfants. Celui qui s'approprie plus de terres que n'en peuvent travailler lui et sa famille et celui qui se met de son propre gré sous la coupe d'un maître nouent une alliance inégale et redoutable dont il y a tout à craindre, et qui pourrait bien un jour avilir le rapport des vivants entre eux, des vivants et des dieux, des vivants et des choses. Je ne sais lequel est le plus coupable : de celui qui achète la force d'un autre ou de celui qui la vend et se vend. Mais ce dont je suis sûre, c'est qu'il n'est pas de crime dont l'assassiné ne soit aussi le complice. Hommes de mon pays, pouvez-vous encore comprendre le plus simple des langages ? Me comprends-tu, Pomnikvas, et toi, Radek, et toi, Motol, et toi, Horymir, quand je te dis : ta vie est ton royaume. Tu possèdes l'air, – autant du moins qu'il t'en faut pour respirer; tu possèdes l'eau, – autant du moins qu'il t'en faut pour boire et nager; tu possèdes la terre, – autant du moins qu'il t'en faut sous les semelles pour danser et courir; tu possèdes le feu, – autant du moins qu'il t'en faut pour chauffer ta soupe et ton corps. Tu as de cette terre exactement ce qu'en a le roi le plus puissant : ce que sa main touche, ce que son nez flaire, ce que son oreille perçoit et ce que ses yeux voient. Rien ni personne n'ont davantage à t'offrir que ce que tu trouves au matin en poussant la porte de ta cahute. Si quelqu'un, pour te troubler, te dit : « Viens, et je te donnerai la richesse », ris et dis à ton tour : « Quoi ? tu peux me donner plus que n'a mûri pour moi l'automne ? » Si quelqu'un, pour te troubler, te dit : « Viens, et je te donnerai le pouvoir », ris et dis à ton tour : « Quoi ? tu peux me donner plus de pouvoir que je n'en ressens à me sentir seul, à l'aube, devant le soleil levant ? » Si quelqu'un, pour te troubler, te dit : « Viens, et tu n'auras plus rien à craindre », ris et dis à ton tour : « Quoi ? tu aurais plus de raison, toi, de me protéger que n'en ont ma mère, mon père ou mon aimée ? »

Et soudain, elle s'arrête, comme frappée de stupeur, et passe le dos de sa main sur son front.

« Mais voilà, dit-elle, que je me démène pour vous convaincre ! Mais voilà que j'essaie de vous persuader, comme de l'excellence de sa chamelle, le dernier chamelier de Bagdad ? Sommes-nous tombés si bas qu'il me faille raisonner ? Avons-nous donc cessé de nous mouvoir dans la même orbe ? »

Un jour pourtant, lasse de voir qu'ils vont puiser ailleurs l'eau de leurs rêves, elle leur dit :

« J'ai décidé, puisque vous le souhaitez, de vous donner un roi. Cette nuit, avec mes sœurs Kazi et Tethka, j'appellerai les visions qui me découvriront où et sous quelle apparence se cache mon époux. »

Le lendemain elle vient et dit :

« N'avez-vous pas changé d'avis ? Le voulez-vous toujours ce roi ?

– Oui, disent-ils en grand nombre, nous le voulons. »

Ils le croient parmi eux, et commencent de se regarder les uns et les autres pour découvrir celui qui, déjà, porte les signes.

Mais Libussa leur explique longuement où le trouver. Elle indique le petit hameau de Ztadiez et, derrière un bouquet d'ormes, l'emplacement du champ qu'il est en train de labourer. Elle décrit le soc qu'il force en terre de son pied et les bœufs qui vont le tirant. L'un a le ventre coupé de blanc et le poitrail bridé de noir, l'autre est blanc, depuis la tête jusqu'au dos. Quand ils paraîtront devant lui pour l'emmener, il s'apprêtera tout juste à tirer le septième sillon d'est en ouest.

Ils y vont, le trouvent à l'endroit dit, qui s'apprête tout juste à tirer le septième sillon d'est en ouest, et l'encerclent sans un mot comme un malfaiteur.

Puis, ils le ramènent à Zubecua, le baignent, lui grattent les croûtes de terre sous les ongles, et le font roi.

Depuis que Przemysl règne avec elle, Libussa déserte de plus en plus les assemblées.

Elle, qui a eu plaisir à voir monter les premières murailles d'une ville qu'elle a fondée et nommée Prague, – à l'emplacement même qu'elle avait rêvé, – n'aime désormais que les steppes sauvages où le vent rase la terre.

On la voit filer sur son alezane, escortée selon les jours de cent filles ou de onze, toutes bridées de cuir jusqu'aux genoux. Elles vont d'une seule traite aussi loin que les portent leurs montures. Comme les Scythes, et pour la même raison qu'eux, à la guerre et à la chasse, elles ne montent que des juments, car seules les juments savent pisser sans suspendre leur course. Parfois, la poursuite d'un cerf les égare, leur jette un marais sous les sabots ou les précipite au-devant d'un étang, luisant comme une langue au milieu des fourrés. Parfois, s'ouvrent devant elles de vastes étendues jonchées de blocs de granit que vert-de-grise le lichen. Elles les contournent, au petit trot, en silence, reconnaissant à leurs formes, des massues et des plommées abandonnées là dans une débâcle ancienne de titans.

Parfois aussi, Libussa délaisse filles et bêtes dans une clairière et s'éloigne seule. Dissimulée dans un buisson, elle se donne à la contemplation d'une harpaille de biches et de jeunes cerfs, jusqu'à ce que, devenue biche, l'herbe lui pousse à hauteur des naseaux et qu'un pelage lui veloute le corps. Quand un craquement de branches met les bêtes en fuite, elle aussi détale dans un envol de brindilles sèches. Qui rencontrerait alors, dans le fourré, son corps de femme, la croirait morte.

Un jour, en début d'hiver, tout empanachées du souffle gelé de leurs juments, elles fendent, ventre à terre, une vaste étendue où l'absence de toute aspérité et de toute végétation les surprend. Arrivées dans un hameau proche, elles constatent que les gens se voilent les yeux à leur approche et jettent en hâte des pelletées de cendre sur leur passage. Elles tentent en vain de les interroger et se regardent, les unes les autres, perplexes, peu à peu gagnées d'une peur sourde. Une vieille, enfin, à la voix qui grince, les prend à partie : ne viennent-elles pas du royaume des morts, elles, dont le lac à peine gelé porte le galop fou ? Comprenant quelle plaine désertique elles viennent de traverser, elles sentent leurs jambes s'emplir des braises de la terreur. Des nuits durant, le lac ouvre sous leurs sabots ses gouffres craquants.

Mais la passion de dévorer des lieues chaque jour les tient. Même en rêve, elles filent, l'œil bridé par le vent. L'atavisme des peuples de la steppe s'éveille et s'étire en elles. Et cette passion est semblable à celle de l'amour qui, loin de s'apaiser quand on s'y adonne, s'exalte et s'aiguise.

Un matin d'été, échauffées par un long périple, elles font halte au bord d'une rivière pour s'y baigner. Sharka, Tamara, Vlasta, d'autres encore, entourent Libussa. Leurs arcs et leurs carquois se balancent dans des saules voisins, et leurs tuniques blanches, qu'elles n'ôtent pas et qui sécheront au vent de la course, habillent leur nudité d'une luisance d'écailles.

Leurs fous rires fusent avec les giclées d'eau.

Une rumeur soudaine leur fait aviser leurs arcs et leurs flèches. A peine nagent-elles vers le bord pour s'en saisir qu'une horde montée les encercle et les rejette à l'eau.

L'accès vers leurs armes et leurs chevaux coupé, les voilà prisonnières dans cette boucle d'eau que forme la rivière, avec, autour d'elles, garrottant leur retraite comme un licou garni de pointes, une troupe d'Avars débandés, cinq à six fois plus nombreux qu'elles, juchés sur de petits chevaux tout de nerfs et brandissant leurs fameux pieux frottés d'un venin dont aucune éraflure ne fait grâce.

Une rage impuissante étreint Libussa et ses filles de se voir piégées de la sorte par ces escogriffes toqués de peaux de rat en lambeaux et pris jusqu'aux reins dans des casaques brunâtres qui pourrissent sur leur corps et dont ils ne changent que lorsqu'elles les quittent.

Pourtant, leur apparence funeste, – à en juger par les chicots que découvrent çà et là des sourires, – s'adoucit devant la qualité inattendue de la prise. Ils flairent aussitôt la rançon possible et ne tardent pas à ramener les nixes à leur campement.

Mais, à l'heure où Pseponitsa, la fée du midi, fait sa tournée, abrutissant de coups ceux qui, au plus brûlant de l'été, ont trop tété la gourde ou n'ont pas cherché l'ombre, Vlasta pressent sa chance. Par des regards et des signes imperceptibles, elle parvient à transmettre à chacune des prisonnières une instruction précise. A son signal, toutes les douze, avec la foudroyante précision du lynx qui, avant qu'une herbe ait bougé, a ouvert la gorge du cerf, elles se sont déjà emparées des armes et des chevaux de leurs gardiens.

Seuls, restent estoqués sur la place, ceux qui, pour leur malchance, ont été prompts à réagir.

De ce jour, la reine donne à Vlasta le commandement de sa troupe.

« Pourquoi n'as-tu peur de rien ni de la mort ? » lui demande-t-elle.

Et Vlasta répond :

« Je n'ai eu peur qu'en sortant de ma mère, à l'étroit passage qui mène à la vie. »

Alors, Libussa lui dit les choses qu'elle sait sur les hommes, les plantes et les étoiles, – toutes choses qu'il est défendu d'ébruiter, mais aussi d'emporter dans la mort sans les avoir transmises au moins une fois. Et, là où d'autres ne voient que des branches agitées par le vent, une brusque éclaircie après l'orage, un lièvre qui détale, Vlasta apprend à lire les signes.

« Filles de Bohême, leur dit encore la reine, j'entends sans cesse les hommes parler de l'avenir. Non contents d'envahir le présent de leurs prescriptions, les voilà qui commencent de réglementer l'avenir ? Gardez-vous d'en faire autant et de vouloir tracer leurs voies à vos fils et vos filles. Gardez-vous de toucher à l'avenir. Il ne nous appartient pas. Contentez-vous de transmettre les images et les récits qui bourdonnent autour de notre peuple comme un essaim autour de sa ruche. Et ne tentez pas de mettre votre ordre dans leur profusion sacrée. La grâce est dans les commencements. Il n'est pas bon que nos conquêtes profitent à d'autres. Imaginez un instant que nos récoltes d'aujourd'hui soient assez abondantes pour apaiser les faims de demain. Que signifierait le gruau fumant à qui n'aurait jamais hersé ni semé ? Et la galette de mil à qui n'aurait pas moissonné ? Ne faudrait-il pas, mes sœurs, que nous les haïssions, ces fils et ces filles, pour leur offrir, dès l'aube, un banquet dressé ? Ne touchez pas à l'avenir, mes sœurs ! Que chacun, à travers les temps, recommence ! »

Lybena au visage d'elfe la questionne encore :

« Mais ne remarques-tu pas, notre reine, qu'ici, déjà, tout est changé ?

– Tout change sans trêve, dit Libussa, et le torrent dévale la pente. Que celles qui n'ont jamais vu de torrent remonter vers sa source prennent peur; les autres n'ont rien à craindre. Sœurs, autrefois les dieux menaçaient les humains, les obsédaient de leur présence, leur faisaient payer tribut pour chaque pied qu'ils posaient devant l'autre. Puis, ils se prirent d'estime pour eux et les laissèrent aller librement. Aujourd'hui, ce sont les hommes qui menacent les dieux et leur univers : ne parle-t-on pas, ici même, d'une religion qu'ont adoptée les Lombards et les Francs, et dont le dieu unique a chassé tous les autres ? Quel dieu est-ce là, je vous le demande, que la présence d'autres dieux peut menacer ? Ne permettez l'éviction d'aucune divinité, mes sœurs, car elles seules, dans leur chatoyante diversité, vous préservent de l'arbitraire et de la tyrannie des humains.

– Ne vois-tu pas, notre reine, que nous sommes seules déjà à les défendre ?

– Alliez-vous donc aux hommes, aux femmes et aux enfants dont le cœur parle au vôtre. Alliez-vous aux arbres, aux plantes et aux rochers. Alliez-vous aux bêtes à plume, aux bêtes à pelage, à verrues, à piquants et à coque. Alliez-vous aux quatre vents, aux étoiles et à la nuée. Mais redoutez la guerre, mes sœurs ! Redoutez-la, car elle rend semblable ce qui est différent. Le pire n'est pas le sang qu'elle fait couler mais les métamorphoses qu'elle opère. Craignez de vous retrouver, les armes à la main et la haine au ventre, identiques en tous points à ceux que vous combattiez ! »

Mais, déjà, la voix de Libussa s'étiole et s'éloigne.

Certaines ont cessé de l'entendre depuis un moment déjà.

Dans la cheminée, les cendres voilent les dernières braises.

L'engourdissement les gagne toutes.

Quelques-unes dorment assises et toutes droites, comme ces statuettes que ramenèrent de Thèbes, au printemps, pour un prince morave, des marchands syriens.

D'autres gisent au sol comme blé coupé, éparses dans leurs tuniques et leurs cheveux.

CHAPITRE IV

UNE ASSEMBLÉE CHEZ LE ROI

« C'EST étrange, dit le vieux Kosma, assis à la droite du roi; voilà que vous me faites tous songer, tant que vous êtes, à Gunn et à Jarmerik.

– Qui sont ces deux? questionna Divis aux longs cheveux noirs et dont les yeux clairs semblaient toujours s'étonner.

– Faut-il vous apprendre l'histoire de vos ancêtres? répliqua le vieillard. Qu'avez-vous sucé au sein de vos mères? »

Un hanap de bronze filigrané d'argent passait de main en main autour de la table, lâchant, dans chaque gosier, sa rasade gloussante.

« Gunn et Jarmerik, commença-t-il, prisonniers dans nos contrées, il y a fort longtemps, avaient, pour s'enfuir, assassiné le roi et la reine. Mais, ce qu'ignoraient ces étrangers qui courent encore si la mort ne les a pas fauchés, c'est la tradition ancienne des Slaves qui voulait que l'assassin du roi soit aussi son successeur. Ce que leurs poursuivants brandissaient en hurlant leur nom n'était pas un poignard mais un sceptre. Ainsi me semble-t-il en être de vous et des femmes. Vous fuyez leur férocité et c'est une couronne qu'elles vous conjurent de mériter.

– Ah ! Finissons-en ! l'interrompit Horymir, en crachant de fureur (seule une partie de son crachat atterrit au sol, l'autre descendait sa barbe avec des dandinements de limace). Jusqu'à quand, Kosma, chercheras-tu des excuses à ces furies ? Est-ce parce que ta fille en est que tu les prends toutes sous ton aile ?

– Ne nous lançons pas nos filles et nos femmes au visage ! intervint Oldrich avec lassitude. Comment était-ce chez toi, Horymir, au fameux matin de l'expédition punitive ? As-tu trouvé ta lance et ton épée ? Je ne crois pourtant pas t'avoir vu le fourreau garni quand sonna la corne du départ ? »

A en juger par les tressautements d'Horymir, les mauvais souvenirs attisaient des braises sous son fondement.

D'un bond, Mio se risqua de dessous la table où une altercation précédente l'avait fait chercher refuge. Il fit deux cabrioles et éclata d'un rire énorme :

« Hou ! hou ! qu'ils étaient plaisants, tous ensemble, mains vides, tête nue et le fourreau béant ! Ah ! le joli petit matin de bataille. Ces tronches ! ces mines ! ces têtes ! Et les vaillants guerriers qui couraient derrière leurs femmes, un balai à la main, – hi ! hi ! – la seule arme qu'on trouvait, ce matin-là, à Zubecua... et ceux qui menaçaient d'étrangler leurs sœurs, pour leur faire avouer où elles cachaient les glaives, – hi ! hi ! –... et ceux qui secouaient leur propre mère comme prunier, pour en faire pleuvoir des lames !... Ah ! non. Qui n'a pas vu ça ne peut pas, de bonne foi, prétendre avoir vécu, – hi ! hi ! »

Horymir, comme on balance une plommée meurtrière, lui jeta à toute volée, à la tête, l'os rongé d'un cuissot de chevreuil. Mais, à la surprise amusée de tous, Crum, le molosse du roi, intercepta le projectile et commença, tout en grognant, de le croquer.

Mio rayonnait, montrant à deux mains son bienfaiteur poilu qui le dépassait d'une oreille et balançait tout à l'entour, dans une mastication passionnée, d'abondants filets de salive.

« Eh ! oui, Horymir n'aime pas ce pauvre Mio, mais voyez comme les dieux le chouchoutent ! »

Et il poursuivit, se protégeant la tête de son coude replié.

« Sœurs, leur avait dit Vlasta (et ses mots avaient couru le pays, de chuchotis en chuchotis) ne laissez pas les hommes exercer sur nous de sanglantes représailles pour la mort de Motol. Contraignez-les à réfléchir et à reconnaître leur cruauté à notre encontre. Et pour qu'ils ne cèdent pas à leur colère du moment, cachez leurs armes. Nous ne voulons qu'une chose, dites-le-leur : célébrer le monde avec eux. »

Et tout en parlant, Mio exécutait d'acrobatiques contorsions, pour éviter les nouveaux projectiles qu'eût pu lui jeter Horymir. Mais celui-ci, les joues cuites par la rage, palabrait avec son voisin Samoslav sur la débâcle des hommes, leur veulerie à l'égard de celles qui, hier encore, osaient partager leurs lits et leur soupe.

Mio, quant à lui, les bras croisés et planté sur ses jambes torses, poursuivait sans se laisser troubler :

« On dira de vous, hommes de Bohême, quand ne restera de vos os que ce qui tient de poussière entre mon pouce et mon index : « Ils avaient des « femmes pleines de malice qui leur rendaient un « tour pour un tour, et savez-vous ce qu'ils leur « firent ? La guerre ! Ils avaient des femmes plei- « nes de sagesse qui gardaient l'œil sur le fléau de « la balance, et savez-vous ce qu'ils leur firent ? La « guerre ! Ils avaient des femmes pleines de cou- « rage qui défendaient ce qu'eux voulaient leur « arracher : la moitié du ciel et de la terre. Et « savez-vous ce qu'ils leur firent ? La guerre ! Ils « avaient des femmes capables de les guider et « qui parlaient avec les plantes et les étoiles, et « savez-vous ce qu'ils leur firent ? »...

Samoslav, qui fourrageait dans sa barbe de ses doigts rageurs, apostropha le roi :

« Ah ! Sire, ne permettez pas que ce bouffon nous bafoue tous et bafoue le malheur de Pomnikvas ! Au nom de la vérité...

– Ah ! repartit le roi, qui parle de bafouer le malheur de Pomnikvas ? »

Et il s'arracha à grand-peine à la contemplation

d'une tribu de blattes qui allait et venait aux interstices du plancher.

« Quant à la vérité, Samoslav, poursuivit-il en faisant effort sur lui-même, ne crois surtout pas la détenir ! Elle est hydre, et chacune de ses têtes repousse quand on la tranche.

– Ah ! plût aux dieux, soupira Mio, que Pomnikvas, pour sa part, eût eu plusieurs queues !

– Boucle-la, gnome ! jappa Horymir qui, venu à la rescousse de Samoslav, interpella le roi :

– Eh bien, Sire, nomme-les-nous, toutes ces têtes ! Nommeras-tu aussi vérité, le criant délire des filles ? L'ignoble pleutrerie de ceux qui prônent la patience ?

– Hi ! hi !, ricana Mio, dont seuls les yeux dépassaient de derrière le molosse, la soirée s'annonce chaude ! Savez-vous qu'à Diewin, elles chantent à la veillée ?

– Ah ! Diewin ! rugit Samoslav et, roulant des yeux blancs, il levait les bras au ciel; eh bien, parlons-en de Diewin ! Les voilà installées paisiblement ! Comment leur a-t-il été possible, sans les esprits infernaux de Bohême et les démons de Rujevit, d'édifier en un an pareille citadelle ! Et nous les avons laissées faire ! On dit que la masse de pierre et de mortier engloutie entre les palanques suffirait à combler le lac. Toute une colline fortifiée ! La cité des filles ! Un royaume ! »

Et Horymir se faisait son écho désolé :

« Comment cela a-t-il été possible !

– Nous ont-elles ensorcelés pendant tout ce

temps ? » questionna Zaboj, les doigts crochés dans ses cheveux, et se tournant, soudain en fureur, vers Samoslav :

« Ne disais-tu pas, alors : « Laissons-les jouer « avec leurs pâtés de sable : elles se lasseront » ?

– Ne disais-tu pas, glapit l'autre en retour : « Je mets ma main à couper qu'elles ne tiendront « pas jusqu'à l'hiver » ? Montre-le-nous ton moignon ! Parjure !

– Hi ! hi ! lança Mio, dont seuls dépassaient deux yeux brillants derrière le pelage de Crum, la soirée va être chaude ! Savez-vous qu'à Diewin, elles chantent à la veillée ?

– Voilà quelques semaines, les interrompit Divis aux longs cheveux noirs en rêvant à voix haute, m'égarant à la poursuite d'un cerf, j'aperçois, à la tombée de la nuit, comme un halo clair dans le ciel. Je me prends à redouter un incendie et je me hâte. Mais voilà que, débouchant du vallon où je m'étais engagé, j'écarquille les yeux, me croyant le jouet d'un mirage. Sur l'éperon que je connaissais nu, je vois, posée comme couronne, une forteresse crénelée, étincelante sous la lune. Je m'écrie malgré moi : « Diewin ! » Et un frisson me décolle la peau de la chair.

– Voyez, ajouta-t-il, en montrant ses avant-bras aux poils dressés, voyez comme mon corps se souvient. »

Mais Cztirad qui, d'un pan de sarrau, se polissait les ongles, l'interrompit d'un geste moqueur :

« Une seule chose essentielle me paraît vous

échapper à tous : n'avez-vous pas remarqué que les murs s'épaississent autour de nos Minerves, au fur et à mesure que l'envie de lâcher Vlasta et sa folie les chatouille ? Ces murs, elles les dressent contre leurs envies et non pas, comme vous semblez le croire, contre nous ! »

Maints regards avides picoraient, sur ses lèvres souriantes, ces paroles providentielles.

« Crois-tu vraiment ? »

Une espérance obscène et débraillée en mettait certains en émoi. Les murailles de Diewin ne finiraient-elles pas par se laisser écarter comme les rideaux d'une alcôve ?

« Serait-ce, peut-être, que tu as vu Sharka ? » murmura Zaboj, que l'espoir de s'entendre rassurer encore davantage rendait presque suppliant.

Le visage de Cztirad se ferma aussitôt comme un poing.

« Qui parle de Sharka ? »

Sa voix s'étranglait :

« Il n'y a pas de Sharka, entendez-vous ? Il n'y en a pas ! »

Et, dans le silence où sa colère soudaine les avait tous engravés, ils voyaient devant eux la superbe bête à deux têtes qu'avaient formée cet homme et cette femme. Il fut une année, à Zubecua, où quiconque parlait d'amour pensait « Cztirad et Sharka ».

D'un pied posé sur la fente du plancher, le roi obstrua résolument aux blattes l'entrée de leur nid.

« Il serait temps, oui, il serait temps d'en finir avec tout cela ! » s'écria-t-il.

Et au fond de lui-même, il pensait : il serait temps de retrouver le goût des choses !

Depuis qu'il était roi, la vie avait commencé à lui échapper. Il la voyait bien encore et s'en émerveillait. Mais quelque chose d'indicible l'en séparait, quelque chose d'opaque et de glauque, une sorte de voile, entre lui et le monde, impossible à écarter.

Quand au cours de longs palabres il entendait, dans le lierre, bourdonner les abeilles ou margotter des cailles aux futaies proches, il s'enfonçait simplement les ongles dans la main, jusqu'à ce que la douleur fût assez aiguë pour le délivrer.

Pourtant, devenir roi ne lui avait pas coûté d'efforts. Le moule était prêt qu'avait façonné l'exigence des plus résolus. Il s'y était laissé couler et s'accommodait honorablement de ce rôle, comme bien d'autres, sans doute, à sa place.

Tandis qu'à Ztadiez, ç'avait été sa vie. Une vie taillée à la seule mesure de Przemysl, fils unique de Cestmir et de Zena. Une vie. Pas un moule.

A devoir partir si vite, il n'avait pu apprendre à personne où affleurait le granit dans son champ, ni quelle légère courbe infléchir, aux troisième et seizième sillons, pour ne pas ébrécher le soc, ni encore où trouver la seule eau qui, dans le coffin, conservât sa vertu à la pierre à aiguiser. Toute une science, tout un langage, tout un trésor perdus. Il n'y avait plus, à Ztadiez, d'univers taillé à la seule mesure de Przemysl. Il n'y avait plus que la Bohême. Mais, dans ce royaume-là, il ne connaissait pas de banc où regarder boire, le soir, à la même écuelle de lait, le hérisson puis la couleuvre.

« Oui, Sire, reprit Samoslav d'une voix où vibraient des menaces, il serait temps d'en finir avec tout cela ! »

En finir. Ils étaient nombreux à se sentir gagnés par une espèce de moiteur.

Implorations et soupirs, cris et châtiments, l'obscène débraillé du viol et de la mort, tout se mêlait, allait s'épaississant autour d'eux comme une fumée âcre. Certains commençaient de tousser dans ce mauvais silence.

Les regardant l'un après l'autre, le vieux Kosma hocha la tête :

« Dans certains yeux, dit-il, je vois brûler Diewin ! »

Et il ajouta, après un silence :

« Vous brûlez ce qu'elles bâtissent. »

Zaboj, qui lui faisait face, haussa les épaules :

« Ah ! Kosma, ne rêvons pas ! Tu sais tout comme nous que, sans l'aide des paysans, il n'y aurait pas de Diewin. On dit qu'il en venait des centaines d'au-delà de la Moldawa, avec leurs chariots et leurs bœufs !

– Oui, Zaboj, tu l'as dit toi-même : entre nous et Vlasta, les paysans ont choisi. Serait-ce qu'ils ne flairent rien de bon venant de Zubecua ? Ce monde que nous leur mijotons ne serait-il pas de leur goût ?

– Qu'as-tu à insinuer ?

– Insinuer ? Ah ! non, je peux être clair. Votre folie à tous est de ne voir dans cette guerre qu'un incident qui vous dérange ou vous blesse, – une sorte de querelle domestique, – alors que tout, de la poussière sous nos semelles jusqu'au ciel au-dessus de nos têtes, est en jeu.

– Que racontes-tu là !

– Ne voyez-vous pas qu'elles défendent un monde dont vous devenez de jour en jour des renégats et qui était le vôtre encore hier ?

– Mais de quoi parles-tu au juste ? soupira Zaboj excédé.

– Vous ne respectez plus rien. J'en vois même qui abattent des arbres à la nouvelle lune.

– Ah ! laisse donc ! » intervint Radek.

Mais Kosma n'entendait pas :

« Je n'en rencontre plus venir le soir au pied du chêne sacré refaire leurs forces. Vous répandez, aux jours rituels, vos libations et repartez en toute hâte comme pour éviter d'écouter bruire le feuillage. Qu'en est-il de vous ? Je vous le demande. Des hommes qui ont cessé de croire eux-mêmes en l'essence divine de leur virilité, que peuvent-ils encore espérer de leur rencontre avec la femme ? »

Tout en parlant, il quêtait un acquiescement dans leurs yeux. Mais tous les regards se détournaient ou plongeaient dans les timbales.

« Où s'en est-elle allée notre force, notre magie, cette union de tout un peuple autour des mêmes rêves? Quand Libussa s'avançait, le bras levé, sous le tilleul sacré des femmes tout l'essaim de guêpes nichées dans le tronc venait s'enrouler autour de sa main, comme un écheveau bruissant d'or pur. Vous, ici, l'avez vue de vos yeux; mais nos enfants le croiront-ils encore? J'entendais quelques-uns d'entre vous, hier, se demander laquelle d'entre les femmes possède aujourd'hui encore ce pouvoir. Aucune, répondaient-ils avec une satisfaction mauvaise. Pour ma part, je ne le prétendrai pas. Mais, fous, fous que vous êtes! Vous jubilez de leur soudaine impuissance. Vous jubilez quand leurs espérances vacillent et que leur attente n'est pas comblée. Fous! Fous! Ne voyez-vous pas que leur force était la foi que vous aviez en elle? Ne voyez-vous pas que c'est au sac de votre propre palais que vous applaudissez? Le monde se vide, et vous vous réjouissez de vous voir soudain si raisonnables, si clairvoyants. Le monde est noir comme à l'intérieur d'une outre, et vous vous félicitez de n'être plus distraits par la complexité des choses. Le monde est devenu silencieux comme au fond d'une cave, et vous vous réjouissez d'entendre si clairement les ordres que vous vous donnez les uns aux autres. Comment l'appelez-vous, ce monstre que vous êtes en train de bâtir sur les débris de l'amour et de la nature? Comment dites-vous? La Cité? »

Sa voix tremblait. Le souffle parut un instant lui manquer. Il ne se trouva personne pour s'emparer de son silence. Après une halte, il put poursuivre :

« Nous n'avions autrefois de chef qu'en temps de guerre. Le pouvoir normal était le consensus et non pas la contrainte, l'arbitrage et non pas la sanction. Quand l'un d'entre nous, pour quelque dissension, venait voir le père de Libussa, le roi Kroh, il s'entendait répondre : « Sommes-nous en « temps de guerre que vous ayez recours à moi ? » Mais moi, de vous demander aujourd'hui : « Com- « ment l'appelez-vous cette contrainte établie, cet « état de guerre permanent dans lequel nous som- « mes en train de glisser, entre nous, sans le « recours des troupes ennemies ? La Cité ? Est-ce « bien cela ? Comment disent-ils à l'ouest, ceux « qui nous appellent " barbares " ? » Ah ! fous, fous que vous êtes d'en perdre le sommeil ! S'ils vous appellent « barbares », c'est que, jusqu'alors, vous étiez trop fiers pour vous laisser dicter des lois par d'autres hommes. Imaginez le dédain des étoiles, si des hommes leur commandaient de changer leur trajectoire ! Et le dédain des oies sauvages, à s'entendre prescrire au ciel d'autres routes ! Et le dédain des larves sous l'écorce ! Sommes-nous moins que la graine qui germe en son heure ou que l'oiseau qui s'en nourrit, pour nous laisser dicter notre conduite par d'autres hommes, par des étrangers ! Si « barbarie » est le mot qu'ils ont forgé là-bas pour dire fierté, ne craignez pas de le mériter ! »

Samoslav se moucha dans ses doigts avec un

bruit de trompette puis, se tournant vers le roi, il s'écria :

« Ce vieillard est un rêveur dangereux, Sire! Est-ce par égard pour son grand âge que tu le laisses insulter le Conseil ? »

Przemysl, la main enfouie dans l'épaisseur du pelage de Crum, regardait sans le voir l'homme hargneux qui l'interpellait.

« Nous sommes tous de dangereux rêveurs, murmura-t-il d'une voix absente; il n'y a désormais que nos rêves qui diffèrent. »

Mais Samoslav ne lâcha pas prise. L'indignation allumait ses oreilles.

« Hier, Motol, qu'elles assassinent; aujourd'hui Pomnikvas, qu'elles renvoient châtré! Et il s'en trouve encore pour innocenter ces furies! Parlerais-tu ainsi, Kosma, si la vigueur n'avait pas quitté ton membre? »

En deux culbutes, Mio s'interposa, et se plaçant devant Samoslav :

« Vois-tu, mignon, dit-il en pouffant, moi je pense comme lui, et pourtant la vigueur n'a pas quitté le mien! »

Et il tentait, fourrageant à deux mains dans l'épaisseur de ses chausses d'extraire la preuve vivante de ce qu'il avançait. Mais le poing brutal de Samoslav interrompit ses bouffonneries et l'envoya heurter de la tête un coin de table. Il tournoya un moment comme toupie fouettée puis s'abattit, une plaie ouverte au front. Un hanap, que sa chute avait déséquilibré, lui lâcha au visage toute la cervoise qu'il contenait et lui rendit illico ses esprits. On l'entendait déglutir bruyamment. Il lapa encore à l'entour tout ce que le plancher n'avait pas bu, puis, se redressant sur son séant, les bras croisés, une moitié du visage barbouillée de sang, il considérait Samoslav avec effronterie :

« Samoslav n'aime pas le pauvre Mio, mais vois comme les dieux le chouchoutent ! »

Et, glorieux, il montrait du doigt le hanap.

Samoslav et Zaboj, comme assis sur un gril, continuaient de tressauter.

Lumir, qu'avait toujours distingué son esprit de conciliation et qu'excédaient les soubresauts de ces deux intraitables, intervint avec lassitude :

« Ne pourrions-nous, une dernière fois, tenter ensemble de considérer les faits avec calme ?

– N'est-ce pas, en effet, soupirait le roi, ce souhait-là qui m'a fait vous réunir ?

– Ah ! Ah ! intervint aussitôt Zaboj, eh bien, qu'attendons-nous encore ? Ne sommes-nous pas tous des modèles de calme ? Voyons, voyons ! »

Et il se frottait les mains :

« Puisqu'il s'agit seulement de considérer les faits *avec calme*, voyons-les ! Je m'en charge. »

Il commença de mettre en ordre, devant lui, tout un monceau d'os rongés.

« Voilà deux jours, puisqu'il est toujours bon de commencer avant la fin, par le début, le Conseil, ici réuni, prend la décision d'envoyer un messager à Vlasta. Pomnikvas se porte volontaire. »

Sur sa gauche, il forma un cône pointu de tous les débris et fragments d'os.

« Pomnikvas est chargé par le Conseil de lui faire l'offre suivante : elle quitte Diewin, revient à Zubecua avec ses onze lieutenantes, et partage le pouvoir avec Przemysl, qu'elle épouse ! »

Rayonnant, il édifia avec soin sur sa droite une sorte de pyramide étayée par deux moitiés de clavicules.

« Le lendemain, Pomnikvas est ramené gémissant, couché au travers de son cheval, et accrochée à sa ceinture, *intacte*, la baguière d'ivoire et les bijoux qu'elle contenait. »

Du dos de la main, il renversa brusquement l'édicule, éparpillant tous les débris :

« C'était bien *les faits* que voulait Lumir, n'est-ce pas ? et je les lui ai livrés *avec calme* ! »

Il exultait dans la satisfaction naïve qu'il éprouvait de sa clarté d'esprit, tandis que la consternation se peignait sur tous les visages. Il semblait que la nouvelle venait à peine de les atteindre. Certains, pliés en avant, réprimaient un gémissement. L'absurde cruauté de cet acte leur tiraillait douloureusement le bas-ventre.

« Voilà donc l'accueil qu'a réservé Vlasta à l'offre du Conseil royal ! » murmura Horymir comme pour lui-même, en fixant une torche rivée au mur avec une telle insistance que ses yeux s'humectèrent.

Mais Divis aux longs cheveux noirs, toujours en

retard d'un rêve ou d'une ruse, et dont les yeux clairs s'étonnaient, demanda tout haut :

« N'est-il pas vraisemblable que Vlasta ait eu, simplement, vent du piège qu'on lui dressait ?

– Piège ! rugirent du même élan Zaboj et Samoslav, et le souffle colossal de leur indignation fit vaciller le feu des chandelles et des torches. Qui parle de piège ?

– Il n'y a eu qu'un piège ! articula Horymir dont les dents étincelaient, et c'est celui où Pomnikvas est tombé ! »

Alors Mio, resurgi de derrière le siège du roi, fit claquer sa lanque en signe de réprobation, tttt. Agitant sous le nez de Divis, son index levé, il le houspillait :

« Voyons, voyons ! Les *faits*, seulement les *faits* ! »

Et exécutant un grotesque salto, il retomba, la tête entre les jambes, pour ajouter, narquois :

« *Avec calme !* »

Le geste de menace qu'ébaucha Samoslav le fit replonger dans sa cache.

On l'entendait qui feignait de ronfler grassement.

De nouvelles cruches débordantes de mousse faisaient la ronde, remplissaient les timbales ou coulaient en longs gloussements dans des gosiers sans fond.

« Eh bien, dit le roi, comme malgré lui, que nous reste-t-il encore à débattre ? »

Et, tout en parlant, il s'hypnotisait sur le sphinx

tête-de-mort qui venait, à l'instant, de se brûler une aile à la chandelle proche et traçait de frissonnants rondeaux sur la table, ivre de son désastre neuf.

Lumir hocha pensivement la tête :

« Que reste-t-il en effet à débattre... après cette tentative manquée, contre laquelle nous avons été trois à vous mettre en garde? N'est-ce pas, Oldrich? n'est-ce pas, Kosma?... Il n'y a plus rien à attendre de tractations ni de pourparlers. »

Et il ajouta en se tournant vers Samoslav :

« Oui, je crains bien que toi et ta faction ne puissiez fêter votre victoire! »

L'autre lui glissa aussitôt avec un sourire mauvais :

« A moins, bien sûr, que tu ne sois prêt à te rendre à Diewin pour parlementer à ton tour... Que risques-tu après tout... sinon... »

Et il ricanait en tiraillant le cordon de ses chausses.

Mais Lumir, qu'étranglait le dédain, lui lança d'une voix sans timbre :

« Je ressens cruellement la honte d'avoir à partager avec des rustres tels que toi l'honneur d'être homme. »

Samoslav voulut aussitôt se jeter sur lui, mais Horymir et Zaboj, ses deux voisins, se suspendirent en soufflant, l'un à son bras droit, l'autre à son bras gauche, et le firent rasseoir de force.

« Aucun d'entre nous, intervint alors Radek en soupirant, ne glissera de gaieté de cœur son glaive dans son fourreau quand viendra enfin le jour. Nous ne sommes pas des monstres, ni Samoslav ni moi ni tous ceux qui ont, dès le début, partagé sa sévérité. Si seulement nous avions été écoutés dès le début par tout le Conseil ! Que de désastres évités ! La tête aurait suffi, Vlasta avec ou sans ses lieutenantes, – et toutes se seraient soumises à leurs vainqueurs. Vos hésitations nous ont perdus. Le temps a œuvré pour elles. Diewin ! Les voilà retranchées derrière de redoutables palanques – Combien sont-elles maintenant ? Huit cents ? mille ? Qui le sait encore ? Un cauchemar de plus de deux années déjà, et que seules les armes trancheront désormais ! »

Lumir fixait dans la muraille une étroite ouverture fendue sur la nuit.

« A chaque coup d'épée que nous porterons, murmurait-il, demandons-nous : « Ai-je dansé avec « elle aux solstices ? Ai-je dormi dans ses che- « veux ? Est-ce ma sœur ? »

L'amour qu'il portait à Tania, prenant pour support magique quelques taches sur le mur, la lui fit soudain apparaître dans un vivant relief avec toutes les couleurs de la vie. Et son désespoir ne connut plus de bornes.

« Notre malheur n'a pas été de vous écouter trop tard, cria-t-il, mais de ne pas vous réduire plus tôt au silence ! N'avez-vous pas provoqué cruellement les plus fières parmi elles ? La destruction du tertre funéraire des guerrières n'est-elle pas votre œuvre ? Ne les avez-vous pas poussées au désespoir, en leur arrachant, à la mort de Libussa, leur droit de participer avec nous au pouvoir ? Vous nous avez coupés de nos âmes. Vous avez fait de nous une assemblée de morts-vivants qui décrétons, tranchons, légiférons, et qui prenons peu à peu en horreur l'exubérance du créé ! Où nous menez-vous, maintenant que nous nous sommes condamnés nous-mêmes à vous suivre ? Où... dites ? »

Sa voix tremblait, et sa main qui portait la timbale à ses lèvres sèches. Et d'autres hommes, fugitivement, se mettaient à sentir de quoi sa détresse était faite.

Mais Zaboj remit le monde d'aplomb.

« Il faut en finir, claironnait-il de sa voix de stentor – en finir, avant de nous dévorer entre nous comme des loups ! »

Le vieux Kosma émergea soudain du demi-sommeil où il s'était laissé dériver, et, sursautant, le corrigea :

« Ah ! non. Ah ! non, Zaboj ! Pas comme des loups ! Comme des hommes, Zaboj ! Les hommes ne sont pas des loups, c'est ce qui les rend si redoutables ! »

Le roi n'avait pas cessé pour sa part, de tout ce temps où il s'était tu, de fixer sur la table les girations du sphinx à demi brûlé. Ce fut pour lui comme une délivrance quand Crum, d'une langue molle et nonchalante, vint happer l'insecte. On vit un instant l'aile unique du papillon de nuit éventer doucement les moustaches du molosse.

« En finir, oui, pensait-il, en finir ! Peu importait comment. »

Il se souvenait du soulagement coupable qu'il avait éprouvé à voir Pomnikvas revenir seul, sans Vlasta. Ce piège ignoble à elle dressé, bien qu'il y eût acquiescé à la fin, lui avait fait horreur. Libussa ne lui avait-elle pas (et ce comble de dérision manqua presque le faire sourire) confié à lui, Przemysl, l'indécis, cette fille superbe et volontaire ? Il éprouva soudain son impuissance. Et le ballet ignoble des louvoiements, des volte-face et des contrordres qu'il avait exécuté jusqu'alors lui donna la nausée. En finir oui ! Et dans l'état de pourrissement des choses, peu importait désormais comment.

Une voix volontaire monta soudain de Przemysl et qui disait (et lui-même tendait l'oreille pour l'entendre) :

« Il faut à tout prix se hâter ! Ces jours-ci encore... avant la tombée des neiges... La terre est déjà gelée... pas de risques d'embourbement... Que peut-on attendre de mieux ? Samoslav prendra le commandement des troupes. Zaboj et Horymir le seconderont, et ils réuniront pour le moins mille hommes à cheval... »

Aussitôt, monta un brouhaha de voix échauffées. Samoslav, debout et gesticulant, élaborait des plans d'attaque. Retroussant les manches de son sarrau, il se penchait sur la table et marquait de morceaux de galettes les points stratégiques du combat. Bientôt, il n'y tint plus. Laissant foncer sur un bataillon de débris d'os la cavalcade exaltée des deux timbales qu'il tenait empoignées, il envoya gicler l'ennemi aux quatre coins de la pièce. A l'instant précis où ses troupes l'emportaient sur les petits os, une main menue écarta la tenture et l'on vit entrer Milena.

Le froid lui avait mis le sang aux joues et, dans ses yeux mordorés qu'étirait la saillie des pommettes, couvait un feu. Le fichu noué sous son menton avait glissé et ses cheveux dérangés par le vent lui faisaient une toison sauvage. L'incongruité de son arrivée et sa calme détermination déployaient à l'entour comme un sortilège. Elle cherchait Radek des yeux et, dès qu'elle l'eut aperçu, elle courut vers lui. Sa vaste houppelande, gonflée par sa précipitation, déplaçait dans l'air confiné de la salle une brise qui sentait le feuillage et la nuit. Tous la considéraient, bouche bée, oublieux des impératifs de l'assaut. Un instant, Radek fut comme enseveli dans la glissée des boucles et l'envol noir de la cape. Et certains, les yeux grands ouverts, en un imperceptible mouvement de leur langue et de leurs lèvres, mâchaient avec lui les cheveux de Milena. Quelque chose d'ancien et de fou allumait un point brûlant dans leur thorax.

Quand Radek émergea enfin, ce fut pour balbutier, confus, qu'elle s'était inquiétée de ne pas le voir revenir. Il demanda si le Conseil jugeait bon qu'il la fît sortir.

« Je croyais en effet, dit Horymir, mi-grondeur mi-attendri, que nous avions interdit aux femmes l'accès du Conseil. La délation... »

Mais Milena, jetant ses mains en avant, l'interrompit avec feu :

« Ah! ne craignez rien de moi! Je ne connais que le bien de Radek! »

On lui concéda de s'asseoir près de lui, sur un petit escabeau. Et elle se tenait immobile, soupirant parfois d'un trop plein d'aise, et quelque chose qui ressemblait à un ronronnement étouffé montait d'elle.

Mio, depuis l'instant où elle était entrée, tentait d'attirer son attention par des pitreries. Il finit par l'approcher, en chevauchant une bûche, qu'il cravachait d'un bout de chiffon. Elle répondit à ses exubérantes salutations par un doux sourire vide, et, un moment, il fut sans pouvoir s'arracher à l'amnésie vertigineuse de ses yeux.

Le roi avait levé la séance. Il était temps d'aller dormir.

A l'aube, commenceraient les préparatifs du combat. Mais la plupart des hommes assemblés autour de lui restaient là, les jambes fauchées par la cervoise, la fatigue, incapables de se résoudre à partir. Ce qui les guettait dehors, c'était la nuit crevassée de rêves oppressants, l'inconnu contre lequel Samoslav lèverait demain toute une armée.

Crum ronflait paisiblement, le nez dans les débris qui jonchaient le sol.

Et Cztirad, les yeux rougis par l'excès d'alcool, considérait avec mépris cette fille menue aux genoux de Radek, se souvenant d'avoir aimé, lui, une de ces déesses qui savent blesser les hommes à mort.

CHAPITRE V

L'ÉTRANGER

QUAND elle entendit Vlasta, de l'autre côté de l'étang sonner le débuché dans sa corne, puis le clair sifflement d'une flèche, d'une autre encore, Sharka abandonna son affût. Longeant au petit trot la lisière du sous-bois, elle gagna la berge opposée.

De multiples traces se mêlaient sur la neige : lièvres et renards, lynx et chevreuils avaient suivi les mêmes passées. Parfois, le sautillement d'un oiseau posait de minuscules tridents. D'autres empreintes illisibles et brouillées gardaient leur secret.

Des troncs brisés lui barraient le chemin, qu'elle franchissait d'un bond ou qui la contraignaient à un détour difficile par les taillis. La nuit dernière, le vent du nord avait amené un brouillard épais qui s'était pris dans les branches et que le froid très vif y avait fait geler. La glace suspendait aux arbres un poids si considérable qu'ils craquaient sous la charge.

En quittant Diewin aux premières lueurs de l'aube, Vlasta, Olga et Sharka avaient cru un instant rêver. Tout étincelait à l'entour. De fines lancettes translucides se balançaient aux branches des bouleaux et des trembles et faisaient entendre des sons d'une pureté inouïe. Elles étaient restées là, ébahies, ne songeant plus à avancer.

Leurs juments, le sabot d'abord hésitant, s'étaient peu à peu exaltées du fier crissement naissant sous leurs foulées, et elles trottaient, tête haute, à la rencontre du matin. Alors, toutes les trois s'étaient laissé emporter. La tête renversée en arrière comme pour boire, elles respiraient goulûment cet air violent où cliquetaient des lames.

Guidée par leurs voix, Sharka ne tarda pas à retrouver ses deux compagnes. Elles étaient occupées à lier de chanvre des branches fraîchement écorcées. Sur ce brancard glissant, elles ramèneraient leur gibier à Diewin. Près d'elles, gisait le jeune cerf dont le corps, lourd d'abandon, avait creusé la neige. Seul un filet d'écume rougie marquait les plaies aux lèvres closes d'où les flèches avaient été ôtées. La pliure des jarrets lui mettait aux jambes l'élan d'un bond suspendu. On voyait, sous son œil, la tache encore humide de l'eau pleurée. Et les derniers souffles de son mufle avaient évidé dans la neige une sorte de conque profonde aux stries délicates et engrêlées. En s'approchant de lui, Sharka récita à voix basse la formule du pardon, celle qui se murmurait au blé coupé, aux plantes cueillies, aux arbres dépouillés de leurs fruits et aux bêtes sacrifiées à la faim des hommes.

Elles se hâtèrent d'en finir et de prendre le chemin du retour. Le froid les flairait, rôdait autour d'elles en mille crissements et les cognait de son mufle durci. Les poils d'ours, dépassant des peaux retournées de leurs toques et de leurs casaques, s'ornaient de minuscules glaçons.

Sanglé au brancard et fixé à une corde de chanvre, le cerf glissait derrière les chevaux de Vlasta et d'Olga.

Parvenues à un éperon d'où elles voyaient le pays, elles s'arrêtèrent. Les grandes forêts mâchuraient de traits noirs l'insoulevable blancheur qui s'étirait de colline en colline, de crête en crête, de vague en vague, jusqu'à la ligne bleue où finissait leur monde. Seule la fumée qui montait de leurs lèvres et des naseaux de leurs bêtes témoignait, face à cette immensité pétrifiée, du feu minuscule et têtu que la vie allume dans les corps.

Sharka désigna du doigt la vaste étendue prise entre deux arcs de colline où la bataille avait eu lieu. La neige brouillait les repères. Et toutes trois regardaient en silence dans cette direction, se protégeant les yeux sous l'auvent de leur main. Ce qu'elles humaient encore tantôt si goulûment, c'était l'âme de l'hiver, c'était l'oubli.

La nuit qui précéda la bataille, Samoslav avait eu un rêve.

Il avait vu au plus furieux de la mêlée Vlasta, assaillie de toutes parts, s'arracher de la tête son heaume et le jeter au sol. Et ses cheveux libérés, en se déroulant sur ses épaules, s'étaient mués en cascades de sang qui noyaient tout à l'entour, hommes et chevaux.

Ce rêve l'avait si violemment remué qu'il avait dû le raconter à la première personne rencontrée ce matin-là : ce fut, par hasard, Lumir.

Dès le début de l'engagement, les troupes de Samoslav avaient été frappées de stupeur. Au lieu de rencontrer, de face, la robuste violence coutumière contre laquelle foncer et prendre l'élan, ils avaient été emportés aussitôt dans un tourbillon.

Les centauresses qui les débordaient de toutes parts virevoltaient entre les piques et les spatas. Leur souple précision et leur vertigineuse aisance n'avaient pas tardé à semer l'effroi et la panique.

Il se trouva qu'au plus sanglant de la mêlée, Lumir qui venait tout juste de parer un coup violent et, comme chacun, était occupé à vendre cher sa vie, fut, contre toute attente, témoin de la rencontre de Vlasta et de Samoslav.

A peine eut-elle reconnu celui qui menait l'armée des hommes que, d'une brusque volte, elle lui fit face. Cabrant sa jument, elle dansait autour de lui comme une flamme noire. Et alors se produisit la chose la plus invraisemblable quand grêlent les coups et rage la bataille : portant la main à sa tête, elle en arracha son heaume et l'envoya rouler sous les sabots de son adversaire. Et Lumir put voir, entre éclats de glaives et mufles écumants, ses longs cheveux mouillés de sueur qui croulaient dans son dos. Puis, tout aussitôt, l'imposante stature de Samoslav tanguer avant de s'abattre.

Vlasta qui, les yeux plissés, fixait l'étendue bleuie, tourna soudain bride en murmurant :

« Nous avions plus chaud tantôt. »

A peine eurent-elles parcouru à nouveau cent foulées qu'elle s'adressa à Sharka :

« A la fin de la bataille, quand, avant de fêter notre victoire, nous ramassions nos blessées et nos mortes, pourquoi t'occupais-tu, toi, d'achever les chevaux ? »

Sharka continuait d'avancer, sans tressaillir :

« Seulement les chevaux gris », corrigea-t-elle d'une voix ferme.

Vlasta se rapprocha. Leurs cuisses se frôlaient. Un écart de la jument de Sharka remit entre elles quelques pas. Mais Vlasta s'avança à nouveau, accola leurs bêtes flanc à flanc puis, d'une pression légère du genou, la contraignit à ralentir son trot. De sa main gantée dont la laine rude éraflait la peau, elle saisit le menton de Sharka et tourna vers elle son visage.

« Seulement les chevaux gris », répéta-t-elle.

Et elle cherchait, au fond des iris clairs de Sharka, la silhouette frêle qui courait, dague au poing, fendre la gorge aux bêtes.

L'autre, sans ciller, soutenait son regard qui, par ondes lentes, gagnait le corps entier.

« Pourquoi me demandes-tu ce que tu sais déjà ? » articula-t-elle.

Sans répondre, Vlasta lâcha prise et, repoussant du talon la jument, reprit place au côté d'Olga.

Une sangle rompit. Le brancard qui menaçait de chavirer les contraignit de mettre pied à terre. Une fois les liens consolidés à neuf, elles se remirent en route, fourrant en hâte leurs doigts gourds dans les moufles. Et Sharka, à qui le silence de Vlasta devenait d'instant en instant plus pesant, s'écria :

« Eh bien, oui, tu t'en doutes, je croyais Cztirad mort.

– Oui, dit Vlasta, tu croyais Cztirad mort. »

Elles avançaient, de nouveau côte à côte, et le chuintement du brancard sur la neige leur faisait escorte. Le crépuscule embrasait les cimes.

« Si je tue un homme qui m'a provoquée, poursuivit Sharka dont la voix s'enrayait, c'est de l'ordre de l'honneur. Mais l'envoyer sans cheval au royaume des morts n'a pas de nom ! Ce que nul, jadis, n'eût fait subir à son pire ennemi, moi, Sharka, je le ferai à Cztirad ! Que sais-tu des hordes qu'ont à fuir les morts et des étendues qu'ils parcourent jusqu'à leur délivrance ? O Vlasta, ce que toi, tu as osé pour Motol me remplit d'effroi ! Et crois bien que je ne suis pas la seule à en être hantée ! Je croyais que nous défendions, contre l'impiété des hommes, les règles sacrées du jeu qu'ont inventé les dieux pour les gens de Bohême. Et voilà que tu les piétines toi-même et t'étonnes de mon geste ! »

Elle s'effarait de ce flot de paroles qu'elle n'avait pas su endiguer. Sa gorge la brûlait. Une angoisse l'avait prise. Elle s'était battue au côté de Vlasta, sous la bannière du même rêve. Et voilà que, pour un homme qui l'avait trahie et voulait sa mort, elle ouvrait sous ses propres pas les trappes de la solitude.

Vlasta se taisait et avançait, sans un regard pour elle, le menton haut.

C'était l'heure où les chevaux sentent venir la nuit, ses loups et son cortège d'ombres, l'heure où leurs croupes s'énervent, soudain promptes aux écarts.

Une dernière fois, les cimes des mélèzes flambèrent. Tout au long de la ligne où le ciel frôle la terre, suintaient le sang et l'or.

Olga à la voix d'enfant se mit à chantonner tout bas l'adieu au jour et aux couleurs. Et son chant, de plus en plus indistinct, se perdit.

Une transparence friable et aiguë baignait tout à l'entour. La présence des arbres et des rocs s'était faite si poignante et si impérieuse que ni Vlasta, ni Olga, ni Sharka n'eussent entendu à dix pas leur mère les appeler. Leurs âmes se balançaient à quelque chose de plus ténu qu'un fil de vierge. Elles se gardaient de respirer.

Quand le fil eut cassé, elles se retrouvèrent un bandeau sur les yeux : la nuit était tombée.

Lâchant bride aux bêtes, elles se confiaient à elles, les soutenant de leur attention muette.

Et, bien que cette traversée aveugle leur parût interminable, chacune percevait avec reconnaissance les signaux de la présence des deux autres.

Sortant enfin de la forêt, elles aperçurent le halo clair au-dessus de Diewin. Et trois notes soufflées dans leurs cornes leur en ouvraient les portes.

Dans la salle où les attendaient leurs compagnes, brûlait un feu vivace. La soudaine chaleur leur causa un léger étourdissement proche des premiers effets de l'ivresse. Elles se jetèrent, affamées, sur le gruau fumant qu'on leur servit et, – s'interrompant pour rire, – se mirent à raconter leur journée de chasse.

Les autres aussi se faisaient l'écho de leur joyeuse humeur.

A en juger par les flocons de laine, aussi impalpables que des barbules de plumes, que soulevaient un courant d'air, un déplacement brusque, un geste, on avait dû carder ici tout le jour. La légère euphorie qui naît du contact prolongé des mains et de la laine se laissait encore sentir.

Armée d'une longue cuillère, Tamara remuait dans le chaudron la soupe de sureau et vérifiait sa consistance en léchant le manche de bois où dégoulinait une onctueuse sauce mauve.

« Aux premières lueurs de l'aube, commença-t-elle, à peine étiez-vous parties, que les filles-juments aperçurent, d'une barbacane, une silhouette indistincte qui leur semblait faire des signaux désespérés. Elles redoutèrent d'abord un piège. N'avançant qu'avec prudence, elles se persuadèrent vite de la détresse de ce voyageur. Pour ne pas succomber au froid de la nuit, il avait, en dernier recours, ouvert le ventre de son cheval et s'était recroquevillé dans cet antre sanglant. Vous imaginez sans peine l'effroi qu'elles eurent de son apparence. »

Tamara qui, tout en parlant, soufflait sur une cuillerée odorante et mousseuse, s'interrompit pour en vider le contenu dans son gosier.

Dagmar, la voyant le bec ouvert, s'empara en hâte du fil du récit et poursuivit, malgré les protestations qui suffoquaient l'autre :

« Aussitôt, elles le ramènent ici, le réchauffent, le nettoient, le vêtent, le restaurent. Et elles l'abreuvent avec un succès si évident que nous les entendons, depuis des heures, rire à gorge déployée des récits allègres que leur fait ce mort ressuscité. Avant qu'il ne reprenne sa route, ne crois-tu pas, Vlasta, que nous pourrions aussi nous égayer à l'entendre ? »

A un léger frémissement de ses paupières, Olga

perçut aussitôt que la proposition de Dagmar n'était pas du goût de Vlasta. Elle prit les devants et demanda :

« Qui est cet homme ? Et qu'a-t-il fait de grand pour que Vlasta l'écoute ? »

Toutes se taisaient, les yeux rivés au sol.

Après qu'elle eut longuement laissé peser ce silence, Vlasta demanda, de nouveau joyeuse :

« Eh bien, Dagmar, que sait-on de ce voyageur ?

– Il se nomme Azkia, reprit-elle aussitôt – et ce nom, à ce qu'il prétend, signifie « Mémoire », dans je ne sais plus quelle langue du Levant.

– Et pourquoi ce nom ?

– Il jongle avec les siècles, nous ont dit les filles-juments. Il est tantôt de l'armée du roi des Goths, Wintar, quand ils massacrent la tribu de Boz et ses onze fils, tantôt de celle d'Hildigis le Lombard quand ils fondent sur la Vénétie, tantôt encore de celle de Khosroës II, roi de Perse, quand, avec la connivence des troupes avars, ils prennent en pince Constantinople ! Que sais-je encore ? Mais une seule chose est vérifiable aux ballots qu'il transporte : il fait le commerce de ces belles épées damasquinées qui se fabriquent au pays scandinave.

– Je ne vois rien là qui puisse nous déplaire, s'écria Vlasta. Qu'on le fasse venir ! »

Certains hommes – rares –, vieillissent à la manière des arbres. Leur peau durcit comme écorce, s'enrichit de tortueuses crevasses, et leur vigueur altière ne paraît pas décroître. C'est un de ceux-là qu'elles virent entrer.

« Es-tu bien, s'exclama Vlasta surprise, l'homme dont on me dit qu'il fait rire aux éclats les filles ?

– Celui-là, et bien d'autres encore ! Quel homme au monde n'a qu'un visage ? »

Et il ajouta aussitôt :

« Dis-moi plutôt si j'ai l'honneur d'être devant Vlasta ? »

A peine eut-elle acquiescé du menton que, croisant les mains sur la poitrine, il s'inclina avec cérémonie :

« J'entends ton nom du Danube au Dniepr et je veillerai, en descendant maintenant vers Byzance, qu'on l'apprenne aussi jusqu'à la mer Noire. »

Tête inclinée, il la considérait de dessous l'auvent gris de ses sourcils.

« J'ai donc, devant moi, Vlasta, répétait-il, Vlasta au nom de bannière qui claque ! »

Et il ajoutait après un long silence :

« Tu n'as rien à craindre de moi ! Je sais l'honneur qu'on doit aux mythes, même s'ils partagent un moment, glissés dans un corps, la potée des humains ! Je ne te ferai pas l'affront, Vlasta, de retenir la couleur de tes yeux ni celle de tes cheveux ni la forme de ton visage. Je sais respecter, sois-en sûre, le jeu de masques des dieux.

– Et moi, rétorqua Vlasta, j'aimerais aussi savoir à qui je parle !

– A Azkia, le plus modeste des vagabonds », dit-il en s'inclinant à nouveau. Et il ajouta, avec un geste ample du bras : « Un vagabond si épris des formes chatoyantes que revêt le délire humain qu'il lui est arrivé bien souvent – au risque d'y laisser sa vie –, de faire cinq cents verstes de détour sous la tempête, pour en contempler de près un bel exemplaire.

– N'en es-tu pas toi-même un fort curieux? repartit-elle en riant. Je partage avec toi ce goût des... comment dis-tu?... beaux exemplaires. Mais la différence entre nous, c'est que tu dois faire un détour pour les voir et que, moi, le sort me les amène. »

Elle marqua un silence narquois avant d'ajouter :

« Ce n'est donc pas un hasard si nous t'avons cueilli sous nos murs?

– Un hasard! s'exclama-t-il. Entendre ce mot dans ta bouche, Vlasta! Qui, mieux que toi, sait qu'il n'y a jamais eu de hasard sous le soleil?

– Cesse! s'emporta-t-elle. Ne me montre pas déjà tes passes et ton jeu! J'aime à me laisser surprendre. »

Et elle lui désigna une escabelle près du feu, où il prit place.

« Ce que tu as dit de toi, reprit-elle, n'a pas satisfait à ma curiosité.

– Commençons donc, si tu le veux bien, par ce que tes yeux peuvent voir : car mon corps, aussi, porte écrit quelques moments de mon histoire.

Ainsi, dit-il en montrant sa main droite, c'est dans les géhennes de Byzance, où me précipita la traîtrise d'un riche marchand de la ville, que sont restés les deux doigts qui me manquent. Mais j'ai aussi connu pire souffrance sans y laisser de fragments de mon corps. »

Ecartant les brides de son sarrau, il montra dans son cou une longue estafilade, et, tout en imitant le sifflement des lames, il poursuivit :

« Tss, tss ! un cimeterre turc m'égratigne et me laisse pour mort, sur les bords du Danube que je tentais de franchir avec les armées du Khan Asparuch. Et de deux ! Ici (il montrait une balafre sous son œil) sommes-nous en Dalmatie, en Valachie ? Ah ! oui, je me bats du côté des Lombards contre les Hérules, – ces fous qui étaient si sûrs de leur victoire que leurs chefs festoyaient à cinq cents pas du champ de bataille, sur un promontoire d'où ils voyaient, comme un spectacle, notre mêlée. Mais nous eûmes le dessus et fonçâmes, pour finir, sur leur banquet. Et eux, ébahis et soûls comme ils étaient, fuyaient de toutes parts comme levrauts. Parvenus dans un champ de lin vert, ils se crurent dans l'eau et se mirent à agiter les bras comme pour nager. Et pendant qu'ils nageaient, tsss ! tssss ! tssss ! nous fauchions leurs têtes...

– Et là, dit Tamara, en désignant du doigt une cicatrice étoilée près de la bouche.

– Là ? »

Il y porta sa main comme pour déchiffrer le

relief, puis son visage s'éclaira à la brusque venue du souvenir :

« Une morsure de femme... à Ravenne, oui. Mais ce n'est ni celle que j'ai le mieux aimée ni celle, d'ailleurs, qui m'a fait le plus souffrir...! »

Il s'était arrêté de parler, et jouant de la dent d'ours qu'il portait à un fil d'argent autour du cou :

« Si Azkia que tu as devant toi, Vlasta, voulait ôter de lui tout ce que les femmes y ont mis, il ne resterait, sur l'escabeau où il est assis, que trois poils de sa barbe. Aussi loin qu'il se souvienne, oui... »

Ses narines s'étaient mises à frémir.

« Des femmes, partout, des femmes... Je crois avoir connu presque toutes les incarnations qu'elles revêtent : reines, guerrières, savantes, magiciennes... Il y en avait dont le seul regard, en te frôlant, réveillait en toi un si furieux désir d'éternité que tu grelottais comme un enfant abandonné. Il y en avait qui, t'attirant sous un portique, te disait ton nom, le nom de ton père et celui de ta mère, quand tu arrivais inconnu dans une ville inconnue. Une à Andrinople, m'apercevant pour la première fois, m'ôta chemise et sarrau, alla trouver sans hésitation la plaie suppurante que j'avais sous l'aisselle, et la guérit. Une autre se jeta sur la route, au-devant de mon cheval, et me donna à boire de son thériaque, juste avant qu'une vipère ne me morde. »

Il porta ses mains à ses tempes. Au pavé de sa mémoire, leurs pas nombreux l'étourdissaient.

« Je les ai connues sous tant d'apparences ! J'ai vu les sultanes aux cheveux tressés de fils d'or, qui portaient au front des grappes de perles, et les marchandes de poissons aux mains nues qui fouillaient la marée visqueuse et en riant me frôlaient le nez de leurs aiguilles de mer. J'ai connu les prêtresses scythes qu'on laissait seules avec les chevaux, une nuit avant la bataille, et les lavandières des bords du Nil qui offraient au ciel leur croupe dressée. J'ai connu les savantes mérovingiennes qui savaient lire et – ô merveille ! – manier la plume, et ces abbesses du pays de Gaule qui attendaient du renoncement un univers agrandi. J'ai connu les passeuses aux mains d'ailes qui font franchir le gué aux mourants, et celles qui coiffent et vêtent les défunts avec des gestes de nourrices. J'ai connu la passeuse d'Ispahan, qui savait faire sourire les morts, et ceux mêmes d'entre eux qu'un trépas violent avait défigurés. J'ai connu les devineresses sarmates qui parlaient aux dieux et auxquelles les dieux répondaient. J'ai connu les jeunes mariées levantines qu'avaient, pour leurs noces, engraissées les matrones et qui avançaient comme des tours. »

Les deux louves de Vlasta s'étaient, peu à peu, rapprochées en rampant de l'homme et du feu. Leur maîtresse les rappela à elle d'un claquement de langue.

« Au bout de chaque lassitude, j'ai rencontré la

femme-gîte; au bout de chaque fuite, la femme-repaire; au bout de chaque péril, la femme-tanière; au bout de chaque traque, la femme-terrier; – et, toujours, la nuit profonde au creux de laquelle tu peux renaître. Et, ce matin encore, ces filles vigoureuses à l'odeur de crinière qui m'apportaient en riant le secours ! »

Il écarta les bras et poursuivit, rêveur, après un silence :

« Mais que saurais-je du jour et de la nuit, de la glace et du feu, si je n'avais connu aussi les femmes-trappes et les femmes-traîtrise ? D'elles aussi, j'ai beaucoup appris ! Une enfant à peine pubère, aux yeux d'eau claire et dont je touchais la peau et les cheveux avec des précautions d'orfèvre, me livra aux geôles d'un satrape, pour une confidence imprudente que je lui avais faite. J'y laissai, avant de pouvoir m'enfuir, deux années de mes jours. Une autre, à l'odeur de nard, m'avait déjà vendu comme esclave à un Syrien, quand je croyais encore dormir entre ses bras. Mais j'en ai trahi et vendu, aussi. J'ai ramené d'Andrinople les moricaudes aux bouts de seins mauves dont le Khan bulgare et sa cour à Pliska étaient fous. J'ai descendu vers la mer Noire les filles gépides aux nattes lourdes et aux vulves lippues que se disputaient les Califes. J'en ai vendu et j'en ai aidé à s'enfuir, parfois même au péril de ma vie. L'une d'entre elles, traînée d'Hindoustan au marché de Byzance et que je cachais, m'appris de l'amour, en sept jours et sept nuits, ce que je n'avais pas rêvé, me laissant seul, hagard, sous l'écroulement des étoiles. »

Les silhouettes nombreuses qu'il invoquait remplissaient peu à peu la pièce. Il y faisait de plus en plus chaud. Tamara avait relevé ses cheveux en une torsade pour dégager sa nuque. D'autres l'imitaient.

« Quelle a été la dernière femme, demanda Zena, avant ton arrivée ici, qui t'ait étonné ? »

Il rapprocha son escabelle du demi-cercle qu'elles formaient.

« S'il ne me coûtait pas tant de m'éloigner d'ici, ne fût-ce qu'en paroles, je t'emmènerais au bord de la mer du Nord, à Rügen, d'où je viens...

– Eh bien, mène-nous y, dit Zena, et dis-nous qui tu y as vu !

– Un riche marchand saxon, commença-t-il, qui m'avait invité, la veille, à festoyer chez lui, fut pris d'un malaise soudain et mourut dans la nuit en rendant le sang. Je me sentis l'obligation, pour honorer l'hospitalité qu'il m'avait rendue, d'attendre ses funérailles avant de reprendre la route. Et voilà de quelle surprenante cérémonie je fus témoin. On avait tiré l'un de ses navires sur le sable, et une troupe de jeunes gens était tout juste occupée de le charger de sacs de froment et d'oignons quand j'arrivai. On amena aussi, sur les lieux, deux chevaux qui furent tués, découpés en morceaux et jetés sur les bordages. Puis deux vaches, un verrat et un bouc connurent le même sort. Alors seulement, parut une vieillarde que tous semblaient attendre et dont le visage était si profondément creusé de sillons qu'il eût été possible, comme aux cernes d'un tronc abattu, d'y dénombrer les années. Deux femmes, ses filles, me dit-on, la flanquaient de leur laideur anonyme. Elle me fit signe de la suivre, ainsi qu'à la douzaine d'hommes qui composaient l'escorte d'honneur, et nous entrâmes ensemble dans la tente des femmes qui pleuraient le mort. « Laquelle « parmi vous, leur cria la vieille, a le mieux aimé « son maître? » Toutes, s'arrêtant de gémir, s'écrièrent d'une seule voix : « Moi! Moi! » et tendaient leurs bras nus implorants, dans le cliquetis superbe des bracelets. Mais une seule, d'un bond de chat, fut soudain debout. Tous les bras retombèrent. Elle avançait, se frayant passage à travers les corps prosternés, et portait sa tête avec tant de grâce que nous fûmes tous un moment à nous incliner. Les demi-lunes cloutées de topazes à ses oreilles, frôlaient ses épaules de leur oscillement régulier. Et ses grands yeux clairs, presque enfantins, étaient de ceux où l'amour, qui sait? la peur? ouvre des abîmes. Dans le silence retombé, on entendait seulement, à chacun de ses pas, le tintement clair des anneaux de ses chevilles. Parvenue devant la vieille, elle répéta " Moi! " tout bas, en entrouvrant les lèvres. Et l'autre, aussitôt, de la harponner de ses mains sèches et de l'entraîner dehors... Elle la fit mettre devant un portique de bois dont les poteaux étaient enfoncés dans le sable et qui faisait face à la mer. Deux hommes s'agenouillèrent devant elle et, prenant ses pieds nus dans leurs mains, la jetèrent par trois fois dans les airs, de façon qu'elle s'élevât chaque fois plus haut que le portique. Et la vieille lui demandait ce qu'elle avait vu. La première fois, elle s'exclama : « J'aperçois mon père et ma mère. » La seconde fois, elle reconnut tous ses amis défunts. Et la dernière, elle s'exclama : « Je vois « mon maître qui me fait signe ! »

« Alors, les hommes l'entraînèrent près du navire. Ses nattes s'étaient dénouées et des pans de sa robe déchirée flottaient dans son dos. La vieille lui arracha ses bracelets et les fourra dans sa poche, puis les boucles qu'elle portait aux oreilles et qu'elle jeta à l'une des filles, puis les anneaux de ses pieds dont elle gratifia l'autre. Une enfant vint lui tendre une coupe qu'elle vida d'un seul trait; et, renversant la tête en arrière, elle en lapait le fond à petits coups de langue. Alors, la vieille enroula autour de son cou un garrot de lin et, après avoir tendu à chacune de ses filles une extrémité à tirer, elle sortit son stylet de sa poche. Et, pendant que toutes les trois, ensemble, la faisaient mourir, les hommes, de leurs poings serrés, frappaient leurs boucliers d'un rythme sourd.

– Et toi, que faisais-tu ? » demanda Sharka d'une voix sèche.

Il sursauta, fouillant sa mémoire :

« Je regardais ses pieds, dit-il, les creux de coquille qu'ils laissaient sur le sable.

– Et qu'advint-il d'elle, alors ?

– On la coucha, morte, près de son maître. Et après avoir éloigné le navire du ponton, on y mit le feu. »

Tamara, du bout de ses pincettes, remuait les cendres à la recherche de braises. La chaleur de tout à l'heure s'était envolée.

« Pourquoi demanda Sharka, nous racontes-tu cette histoire d'esclave ?

– Si les femmes qui pleuraient leur maître à Rügen m'avaient demandé une histoire, c'est celle de Vlasta et de Diewin que je leur eusse racontée.

– Il a raison, intervint Olga, de nous narrer l'autre versant des choses. Ne connaissons-nous pas suffisamment le nôtre ? Entre le chevreau qui tête le lait et la martre qui tête le sang, la nature nous apprend-elle à choisir ? Nos dieux n'ont-ils pas plusieurs visages ? Svantevit quatre et Rugevit sept ? Ce n'est pas la multiplicité des mondes qui nous fait peur, mais la menace de leur réduction. »

Tandis qu'elle parlait, Vlasta assise au sol près d'elle, enroulait ses cheveux roux à son poignet.

« Bah ! dit soudain Tamara en éclatant de rire, la trouvez-vous si différente de nous, cette femme qui se lève, sans que personne l'y ait contrainte et qui dit : " Moi " ? »

Aussitôt, des poignées de noisettes que lui jetaient Tania et Dagmar lui grêlèrent sur la tête, et elle se protégeait de ses coudes levés, en pouffant de plus belle. Une espèce de gaieté saugrenue et grinçante les avait toutes gagnées, qu'attisait encore la perplexité du vieillard.

Et soudain, comme il vidait d'un trait l'hydromel que lui avait versé Lybena, il tomba, comme par mégarde, dans un trou de sa mémoire où résonnaient ces rires.

C'était au siège de Pavie – une nuit aussi –, une nuit d'été moite où crissaient les cigales.

Voilà trois ans que durait le siège de la ville. Alboin, le roi lombard, après avoir fait sauter le verrou du *limes,* culbuté Aquillé et, un à un, les Castellas de Vénétie, s'était soudain heurté à cette ville close, dont la résistance le rongeait comme une maladie et se transformait, peu à peu, dans sa poitrine, en un nodule dur, brûlant, un abcès. Et ces milliers d'hommes, mêlés là comme cailloux dans un tamis, Gépides, Bulgares, Sarmates, Saxons, Bavarois, Taifales, et qui composaient son armée hétéroclite, s'étaient trouvés soudés par l'obsession commune qui avait nom : Pavie.

Elle était là, debout dans sa nudité de pierre, indifférente à l'encerclement frémissant de machines à broyer les murailles, tribulles, échelles, tétrabulles, cordes, béliers, traits enflammés, balistes, grobes, pierres, scorpions, frondes, et des milliers de chars liés en fer, bloqués là au milieu des bœufs.

Et, cette nuit, comme tous, à rouler dans leur sueur, cherchaient en vain le sommeil, se fit entendre, perlant, là-haut, du sommet d'une tour, la plus folle, la plus invraisemblable des rumeurs : des rires de femmes. La nausée les étreignait, un ravissement sourd, et leurs doigts dans l'ombre cherchaient les javelots.

Trois jours plus tard, Pavie tombait.

Olga vit dans les yeux du vieil homme comme un tumulte et elle en fut alertée.

« Où es-tu ? lui demanda-t-elle.

– Au siège de Pavie, répondit-il sans vouloir feindre. Et j'écoutais vos rires. »

A chercher ce lieu dans sa mémoire, Olga flaira le sang et le carnage. Elle s'emporta :

« Ah ! n'invoque pas ici les malheurs anciens ! Tes pensées sont mauvaises, je le sens... »

Cette colère subite le dégrisa. Il chassa en hâte la dernière fumée qui montait des ruines de Pavie.

« Pardonne-moi ! dit-il. Ma mémoire m'ouvre des trappes où je tombe. »

Et il contemplait en silence cette femme, que son indignation rendait si belle et qui lisait les pensées au cœur des hommes.

« Ah ! je savais bien, dit-il, à quoi je m'exposais en vous rencontrant ! Mais le pauvre Azkia est incorrigible. Il entre dans chaque mâchoire qui bâille pour y compter les crocs. Traverser la Bohême sans franchir les portes de Diewin ! La saveur de la vie en eût été perdue !

– Te voilà bien entré, dit Olga qui continuait de fixer sans aménité ce colporteur de mauvais songes, mais rien n'assure encore que tu en sortiras ! »

Il se prit à rire :

« Ce ne serait pas la première fois que mes folies me coûteraient la vie! »

Alors Tamara, que démangeait depuis un long moment déjà la curiosité, demanda :

« Tu parles d'Hildigis, de Khosroës, d'Alboin que nos aïeules ne connaissaient que par les récits de leurs aïeules. Nous aussi savons remonter, de repère en repère, les méandres du temps. Mais, néanmoins, la clarté de ta mémoire m'étonne : à quoi la dois-tu?

– A mon grand âge, simplement, répondit-il, au long apprentissage de la solitude et des « descentes », – et çà et là, à un peu de poudre thébaïque... Mais qu'y a-t-il là qui puisse étonner les héritières de la grande Libussa, qui lisait au ciel les étoiles, et de ses sœurs Tethka et Kazi, dont la cadette était la prêtresse des bois, la confidente des Dryades et l'aînée, l'égale de Médée de la Colchique pour la connaissance des herbes? N'avez-vous pas aussi vos électuaires et vos opiats? Vos gués et vos passages? N'est-ce pas à moi, plutôt, d'en apprendre sur vous? »

Vlasta à qui Lybena venait de murmurer quelques mots à l'oreille se prit à rire.

« Ce ne sont pas, en effet, des secrets que nous voulons de toi. Les nôtres, non plus, ne sont pas objets de troc! Mais nous nous accommoderions tout à fait de ces belles épées damasquinées que tu transportes dans tes ballots. Que souhaites-tu en échange? »

Il eut un léger sursaut, et se remit à jouer avec

la dent d'ours dont il enroulait la chaînette à son petit doigt.

« Je suis marchand, commença-t-il, et j'ai en effet, dans ma vie, vendu tout ce qui se vend : de la soie et des cendaux, des papyrus égyptiens et de l'huile d'olive, du grain de Franconie et des vins du Rhin, des harengs saurs et du saumon fumé, du poivre, du cumin, de la cannelle et de la girofle, des aromates et des pièces d'orfèvrerie, du sel et du fer, des esclaves et des eunuques et, comme je le disais tantôt, des femmes... Et me voilà, maintenant, à faire ce commerce d'épées ! »

Il s'interrompit, les sourcils haussés.

« Mais j'ai un défaut, un défaut bien rare, insensé même, pour un marchand, j'en conviens sans me faire prier...

– Lequel ? Parle donc ! » s'exclama Vlasta.

Un drôle de sourire retroussait ses lèvres :

« Imagine-toi que j'aime à savoir à qui mes épées fendront la tête... »

Elle eut un mouvement de colère et s'écria :

« Quoi ! je te croyais gagné à notre cause !

– Doucement, dit-il pensif en tiraillant sa dent d'ours. Cela ne change en rien l'admiration que tu m'inspires ! Mais vendrais-tu des épées destinées à pourfendre d'autres femmes ? Pourquoi attends-tu de moi que je fasse ce que tu ne ferais pas ? Pourquoi irais-je encore ajouter au mépris que t'inspirent les hommes ?

– Quand ce sont les hommes qui font la guerre à d'autres hommes, peu m'importe, alors, qu'ils

soient ou nons pourfendus! Ah! garde pour toi ta subtilité retorse et tes épées! Nous en recevrons bientôt de plus belles de Rhénanie!

– Et surtout, intervint Sharka avec fureur, continue de bien leur choisir les crânes à fendre! Les nôtres sont-ils de ton goût? Feras-tu un détour par Zubecua? »

Il secoua la tête :

« Je n'irai pas à Zubecua, car les hommes de ce pays ne m'inspirent rien qui vaille. Je tire mes lames du jeu. Avouez que c'est là une guerre bien... comment dirais-je?... inaccoutumée!

– Laisse donc : il n'y a rien là que nous ne sachions aussi.

– Une guerre, continuait-il, où chacun se tient lui-même au bout de sa dague, où celui qui tue est en même temps celui qui est tué, et celui qui gagne celui qui a perdu...

– Ah! laisse, laisse... »

Mais l'autre poursuivait sans se laisser désarçonner, entremêlant les doigts de ses deux mains.

« Hommes et femmes, destins inextricables, arbres encroués aux couronnes mêlées, qui vous séparerait?

– Ah! laisse donc! dit Sharka dont les yeux brillaient. Ne vois-tu pas que nous sommes déjà séparés et que nous avons démêlé nos couronnes?

– Séparés? Eh bien, peu importe! Retournons donc le sablier... N'est-ce pas toujours le même sable qui coule? L'amour est douce, qui enferme en une seule arabesque l'homme et la femme.

L'amour est douce, qui réconcilie l'irréconciliable, lie ce que les dieux jaloux séparent. Elle est belle, la petite seconde d'éternité où la lune mord dans le soleil, où les oiseaux de la nuit, en rejoignant leurs nichoirs, frôlent les oiseaux du jour qui s'éveillent. Elle est belle, la petite seconde d'éternité où les carnassiers nocturnes se pourlèchent doucement les pattes devant leur terrier, en attendant que la mâchoire de l'ombre ait croqué le bleu, croqué le vert, croqué le rose et le mauve et le jaune. Elle est belle, la petite seconde où la mort qui arrive baise la vie qui s'en va sur les lèvres du moribond. Elles sont belles, les rencontres furtives de ce qui n'est pas fait pour se rencontrer, – elles sont belles, les rencontres de l'homme et de la femme ! »

Mais Vlasta, encore tout à l'irritation cuisante que lui avait causée son refus, et qui ne l'écoutait pas, lui jeta abruptement :

« Tu sais qu'il nous serait facile de t'alléger de tes ballots et de te rendre à la nuit et à la carcasse refroidie de ton cheval !

– Oh ! oui, je sais ! s'exclama-t-il, très facile ! Même trop facile ! et c'est ce qui me sauve. Un pauvre vagabond, seul, dans la cité des mille guerrières qui taillèrent en pièces l'armée du roi ! Non, décidément je n'ai rien à craindre : ma petitesse me sauve ! »

Et il mit la main sur son cœur :

« Quelque chose en toi, Vlasta, force le respect. Et j'ai vu, si dignement honorées à Diewin, les lois

sacrées de l'hospitalité, que j'aurais honte de douter un seul instant de ta noblesse !

– Eh bien, s'exclama Vlasta en riant, à la liste de tout ce que tu as acheté et vendu avec succès, ajoute aussi ta peau ! Par Perun ! Je te la cède contre ces quelques heures où tu nous a distraites ! Et si je n'en mets pas cher comme tu vois, n'en conclus pas que tu nous aies déplu ! »

Il se leva et s'inclina profondément devant elle :

« Il n'est pas écrit, dit-il, que ce fut là notre unique rencontre !

– Tu quitteras Diewin à l'aube. Fais-toi donner un de nos mulets jusqu'à Ztibebe. Nos juments n'acceptent pas l'homme; elles te jetteraient bas avant le premier tournant. Bonne route, Azkia et salue pour Vlasta les forêts ! »

Elle fit signe à Lybena de le faire emmener. Un instant, il resta immobile devant la porte, et ses yeux ardents allaient de l'une à l'autre, fixant leurs traits dans sa mémoire.

A peine fut-il sorti que Zena prit dans le bahut un damier et un coffret de jetons qu'elle posa au sol.

Tamara lui fit face et elles commencèrent de disposer les pièces sur les cases...

Et aussitôt les autres se groupèrent autour d'elles. Certaines, les têtes rapprochées, se tenaient par le bras, d'autres contraintes de regarder par-dessus une épaule y posaient le menton – et on en voyait souffler et s'ébrouer à qui des cheveux voisins chatouillaient le nez.

Les doigts de Zena et de Tamara s'étaient mis à courir de carreau en carreau, doublant, avançant, reculant et ruant. Et, peu à peu, le damier se transformait en un gril que la fièvre du jeu chauffait à blanc et qu'elles n'effleuraient plus sans grimace.

Après tous ces mots répandus ce soir, et le malaise qu'en avaient laissé certains, il était bon de se taire.

Soudain, un hoquet de Kamila secoua Sharka qui, d'une épaule, s'appuyait à elle et découvrit son visage couvert de larmes.

« Qu'y a-t-il ? Dis ! »

En un instant, un maléfice eut suspendu les gestes.

Toutes, se tournant vers elle, l'interrogeaient du regard. Et Kamila, les yeux baissés, sans répondre, cueillait à petits coups de langue les larmes qui, descendant sa joue, roulaient vers les coins de sa bouche. Rien n'entamait son mutisme. Et ce silence, dont la brèche ouverte allait s'élargissant, les aspirait l'une après l'autre.

Une vague torpeur les gagnait.

Toutes sursautèrent quand le jeton que tenait encore Zena lui échappa des mains et, traversant toute la pièce d'un seul élan, exécuta une rotation frénétique et crépitante, avant de s'immobiliser.

Cet été encore, il arriva une fois que la mère de

Kamila, en cachette, lui amenât son fils Kasimir. C'était un de ces petits corps de trois ans, tendres et fermes au toucher, qui sentent le lait et la flouve, et mettent à quatre pattes quiconque imprudemment les approche. Ce farfadet avait fait du bahut le centre ardent de sa convoitise. A peine le lui avait-on entrouvert qu'il s'emparait des jetons et les éparpillait autour de lui, riant aux larmes de leurs crépitations étourdissantes.

Depuis la bataille, on ne l'avait plus revu à Diewin. Il n'y avait plus personne qui osât s'aventurer jusqu'ici. Tout contact avec la citadelle des filles était passible de mort.

Et d'ailleurs, ils étaient rares, après tous ces deuils récents, ceux pour qui la rupture n'était pas consommée. Par Flora, la passeuse, qui l'avait guérie de ses fièvres, Kamila avait appris, au début de l'hiver, que Kasimir, dans l'espoir vain d'apercevoir Diewin, grimpait aux arbres et aux échelles.

C'était tout ce qu'elle savait de lui; et elle tremblait qu'il ne tombât.

« J'ai vécu de grandes choses auprès de toi, murmura-t-elle en posant sur Vlasta des yeux soudain secs et brillants. Mais j'ai connu aussi le pire malheur : je n'ai pas vu grandir mon fils. »

Vlasta, pour toute réponse, la considéra d'un regard sévère. Puis, repoussant le lourd silence qui pliait les nuques, elle l'interrogea :

« As-tu vraiment cru que la grandeur et le courage t'exempteraient du malheur? »

Les yeux fixes de Kamila cherchaient aux flammes des chandelles une brûlure ou une réponse. Elle ne savait qu'une chose : le frémissement de ses narines la réveillait parfois la nuit, et elle croyait, alors, flairer tout près cette odeur de lait et de foin que Kasimir avait au creux du cou. A tâtons, elle le cherchait, fouillait les corps endormis, les paillasses, et il n'y avait que les louves pour venir, dans l'obscurité, lécher ses yeux et sa bouche enfiévrés. Oui, qu'y avait-il à dire? A nouveau au bord des larmes, elle cherchait une aide dans les yeux des autres. Et Tania, surprenant sa détresse, entra pour elle en lice :

« Et comment voudrais-tu, Vlasta, qu'elle se défende contre un malheur qui vient à elle dans le corps d'un enfant?

– Je l'ignore, repartit-elle. Je ne sais qu'une chose : les dieux n'envoient d'épreuves qu'à ceux qu'ils en jugent dignes; et il n'est pas bon de se prendre soi-même en pitié. »

Tania fut saisie de colère, et ses narines pincées blanchirent :

« Allons-nous finir par nous bâillonner les unes les autres? Ah! je t'en prie, laisse-la pleurer, laisse-la crier, et d'autres encore avec elle! Qui eût cru, en quittant Zubecua, n'y devoir pas retourner de quatre années? Voilà tous les pourparlers rompus, le silence retombé sur nous comme la dalle d'un caveau! N'a-t-elle pas raison de pleurer? Sans doute raconte-t-on à son fils qu'elle est morte, – et à nos amants, à nos pères, à nos mères, à nos frères, à nos amis, et peut-être, d'ailleurs, le sommes-nous vraiment, sans le savoir? Peut-être, même, n'y a-t-il plus que nous, dans tous le pays, à l'ignorer encore...

– Ah! Tania, s'écria Wanda en lui saisissant les mains, cesse! Il y a impudence aussi à se soûler de malheur! Retrouve ta fierté! N'avons-nous pas, depuis notre victoire, tout le pays pour nous, au-delà de la Moldawa?

– Dans ce nouveau territoire, repartit Tania, je n'ai pas d'amant, pas de père, pas de mère et Kamila n'a pas de fils! »

Et, d'un geste brusque, se libérant de Wanda, elle ajouta :

« Nous savons tuer, mais nous ne savons plus porter le deuil. »

Kamila se mit à gémir :

« Nous les avons tous abandonnés, ces fils de femmes, ces hommes à la dérive, et je tremble pour eux. Ne tremblez-vous pas, avec moi, de toutes les folies qu'ils commettent en notre absence? Ne tremblez-vous pas, avec moi, d'apprendre qu'au risque de se rompre le cou, Kasimir grimpe aux arbres et aux échelles pour voir Diewin? Ne tremblez-vous pas, avec moi, d'apprendre que les plus grands aiguisent leurs lames pour nous égorger, au risque de se couper les doigts? Ne tremblez-vous pas, avec moi, de les voir se prendre à leurs lois nouvelles comme à des nœuds coulants, des lacets et des pièges, sans personne au monde désormais pour les en délivrer? »

Olga empoigna ses cheveux et lui tourna résolument le visage vers elle :

« Laisse ton chagrin, articulait-elle tous bas... Laisse, laisse, aussi, l'envie que tu as de trahir. Nous sommes là, toutes, oui, toutes... semblables à toi. »

Et Kamila, que ces mains crochées sans ménagement dans sa chevelure, avaient d'abord fait grimacer de douleur, cédait peu à peu à l'impérative douceur de la voix et à l'amère reconnaissance d'être à la fois devinée et acceptée.

Zena s'était rapprochée du damier, et Tamara aussi, d'un ondoiement de chat. Et toutes deux le lorgnaient de biais, sans oser encore y avancer les doigts.

Le visage enfoui dans le cou d'Olga, Kamila l'écoutait qui murmurait tout bas :

« Au lieu de subir ce à quoi tu n'échapperas plus, – notre sort, – choisis-le, choisis-nous, la tête haute! »

Et, à ces derniers mots, n'y tenant plus, Zena et Tamara se penchèrent ensemble sur le damier et rendirent vie à leurs jetons.

CHAPITRE VI

LE RETOUR À ZUBECUA

Cette année-là, l'hiver dura longtemps. Pendant des semaines, des mois peut-être, le pays enneigé, dilué dans une brume blanche, parut rendu aux limbes d'avant la création du monde.

Les corps, lointains et gourds dans l'épaisseur des vêtements, se cognaient à quelque chose de dur et d'opaque, semblable à la couche de glace qui, dans l'étang, sépare les poissons de leurs bonds.

Les yeux avaient oublié les couleurs.

Il arrivait qu'à la vue soudaine d'un buisson d'églantier, où quelques baies, encore rouge feu dans leur coque de glace, étincelaient sur la neige, on se souvînt d'un monde où les couleurs menaient sabbat. Et les paupières se mettaient à brûler.

Il y avait des jours, où les loups affamés couraient vers les murs du fort, gueule ouverte, à la rencontre des flèches. Et d'autres, où le soleil surgi, remplissant le ciel de cris d'oiseaux, allumait ses feux sur la glace.

Mais malgré les duretés, les privations, la faim, il ne se trouvait personne à Diewin qui n'honorât le règne chaste et hautain de l'hiver. Folies, impatiences et haines étaient prises au gel des nuits.

Puis, il y eut une aube où elles crurent rêver : tout, à l'entour, gargouillait et gloussait. La neige commençait de fondre. Des jours durant, la nature baigna comme dans une flaque d'air tiède. L'hiver tenta encore plusieurs retours en force, lâchant sur gens et bêtes ses derniers froids mordants. Mais rien n'y fit. Personne n'y croyait plus. Bientôt la sève gicla. Arbres et buissons dardèrent leurs rejets, insouciants des giboulées qui fondaient brusquement du ciel et dispersaient à grands cris les choucas.

L'euphorie légère, qui flottait partout et se respirait à la sauvette, avait gagné aussi les filles. Après avoir, dès l'aube, manié leurs lances, puis l'arc, le glaive et les spatas, elles se précipitaient dehors, à la recherche de minuscules pousses, – millefeuilles, plantains, oseilles, alchémilles, orties, primevères, fraisiers sauvages, – qu'elles dévoraient crues.

C'est par un de ces matins-là, tout secoué du retour des merles et des fauvettes, que parut soudain, aux portes de Diewin, un messager porteur d'un drapeau blanc. Une troupe nombreuse, qui s'exerçait sur l'esplanade proche, vint l'encercler.

C'était un tout jeune garçon, fort beau, altier, et qui semblait avoir poussé d'un seul jet. Son front disparaissait sous un désordre de boucles noires qu'un bandeau noué dans la nuque ne parvenait pas à mater. Ses yeux très clairs et ses joues incurvées sous la saillie des pommettes donnaient quelque chose de félin à sa physionomie. Son sarrau, que le vent de la course avait gonflé, béait sur sa poitrine, et des lanières brodées prenaient à leurs entrelacs sa taille et ses hanches étroites. Il retenait à grand-peine son cheval fauve qu'affolait tant de curiosité et qui trépignait, secouait son écume, voulait mordre.

Au nom du roi Przemysl, il demanda à voir Vlasta et ses onze lieutenantes. On l'amena vers elles qui brisaient leurs lances dans la dernière enceinte. Il descendit de cheval et, retenant sa bête par une poignée de crins, avança lentement. Elles le regardaient approcher, incrédules, essuyant du dos de leurs mains la sueur de leurs visages. Et comme il n'était plus qu'à quelques pas d'elles, la bannière qu'il portait lui échappa des mains et tomba dans la poussière. En une fraction de seconde, il la ramassa et la brandit, le feu aux joues. Et sa confusion ajoutait encore à sa beauté.

Elles cherchaient en vain à le reconnaître et le regardaient fixement, battant des cils.

Et, soudain, à une grimace enfantine qu'il eut pour souffler ses cheveux hors de son front, le cœur de Tamara battit la chamade :

« N'es-tu pas mon jeune frère Borivoj ! » s'écria-t-elle.

Il retrouva aussitôt le sang-froid qu'avait ébranlé sa maladresse, et se tournant vers elle, avec une indifférence hautaine, répondit :

« Il se pourrait bien, car j'ai eu une sœur autrefois. »

Aucune ne songea à moucher son insolence. Ainsi Zubecua s'était peuplée d'étrangers en leur absence ! Et ces étrangers étaient leurs frères !

Elles doutaient soudain que le message apporté par cet inconnu pût vraiment les concerner.

Un malaise les poissait : peut-être répétaient-elles, toutes ensemble, le vieux mythe de la paysanne Zora qui s'endormit sous un if, un jour de grande chaleur, et ne retrouva de son hameau, au réveil, que quelques pans de mur au milieu des broussailles ?

« Pourquoi le roi t'a-t-il choisi ? s'enquit Vlasta. Ses conseillers sont-ils trop couards, depuis la déconfiture de Pomnikvas, pour oser paraître devant nous ?

– Je ne sais, dit-il en s'efforçant de soutenir son regard. J'ai reçu l'ordre de n'exposer devant toi que mon message.

– Prends garde, rétorqua-t-elle, à ne pas t'estropier le cerveau à trop respecter les ordres qu'on te donne ! Ne prise-t-on plus à Zubecua la joute oratoire ? Ne joue-t-on plus au jeu des mots, au jeu des dieux ? Que t'apprend-on ? »

Son cheval, irrité par la jument qui le serrait, fit

un écart et se cabra. Et lui, aussitôt, de s'élancer, se cramponner à son garrot et le ramener au sol. La rapidité de ses gestes, sa grâce animale et vigoureuse donnaient plaisir à regarder.

Vlasta en fut adoucie :

« Eh bien, raconte-nous ce que tu as à dire. »

Et elle ajouta, pour le voir encore rougir, tout en dérangeant, du bout de la lance, le drapé de son étendard :

« Et tâche de tenir le fil de ton discours avec plus de fermeté que, tout à l'heure, la hampe de ta bannière ! »

Il se crut moqué. Et, tandis qu'il parlait et les ravissait de son feu, une rage secrète le tenaillait.

Le roi Przemysl invitait Vlasta avec cinq de ses lieutenantes à des pourparlers de paix, « afin, faisait-il dire, de renouer l'ancienne alliance » et leur concédait l'escorte de cinquante guerrières.

« Puisque les habitants de Bohême, fit répondre Vlasta au roi, avaient reçu des dieux le privilège de recréer le monde, en chaque début d'année, dans le respect renouvelé des rites et des codes anciens, elle ne pouvait que saluer son invite ! Elle apportait néanmoins une modification à ses propositions. Dans une première étape, cinq de ses lieutenantes, escortées de cinquante guerrières, se rendraient à Zubecua. Elle n'y viendrait, pour sa part, qu'à la conclusion des accords, si tant est, bien sûr, qu'elle les jugeât satisfaisants. »

La réponse parvint, après quelques jours d'incertitude : la proposition était acceptée et la date de la rencontre fixée pour dans sept jours.

Ce furent Tania, Tamara, Wanda, Lybena et Zena qu'un tirage à la courte paille désigna pour plénipotentiaires.

Pendant la semaine qui précéda le départ, tout fut chambardé.

Le désir ardent d'un retour à Zubecua avait pris possession d'elles toutes. Il régnait sur chacune, écartant de ses pensées incertitude et interrogation. Même celles qui avaient été d'abord méfiantes se laissaient peu à peu gagner à leur tour.

Elles avaient trouvé leur maître, les filles de Diewin, et ce maître, intraitable et aveuglant, était l'espoir.

On pouvait voir chaque jour sur les fils d'étendage, au versant sud du promontoire, les tuniques de fête et les caracos qui séchaient. Tantôt une mollesse languide les alourdissait, tantôt le vent les faisait claquer comme voilures. Des pièces que, par malchance, les peupliers voisins avaient saupoudrées de pollen, retrouvaient, le matin suivant, lavées de neuf à la cendre de bois, leur place au soleil.

Une impatience fébrile gagnait même les juments. Sous la véhémence de l'étrille, leurs croupes et leurs flancs se moiraient de reflets nouveaux. Et des doigts nombreux s'occupaient de tisser pour elles les torsades de fils multicolores dont leurs crinières seraient bientôt tressées.

Les cinquante filles que le sort avait désignées pour former l'escorte se trouvèrent assaillies de prévenances. Déchargées de leurs tâches communautaires, servies à table et fêtées, elles rayonnaient sous les couronnes de perce-neige et de primevères dont on venait, en riant, les coiffer.

On leur confiait chaque jour de nouveaux messages, on les implorait d'avoir, en passant, un œil sur telle maison, sur telle fenêtre, sur tel pré, et de chercher des yeux, dans la foule, tel parent, tel ami, tel enfant.

La force irrésistible qui drainait vers Zubecua depuis des jours, tous les espoirs, avait mis Vlasta sur ses gardes.

Elle reconnaissait trop bien cet élan qui, sous sa forme inversée, avait peuplé Diewin, pour tenter l'impossible à le vouloir briser.

Il lui fallait seulement attendre, comme le lui avait appris la nature.

N'y avait-il pas une heure propice pour chaque chose? une seule heure dans toute l'année où abattre un arbre pour que son bois soit indestructible, incombustible même? une seule heure où la racine de mandragore déterrée possède toute sa vertu? une seule heure où commencer de semer?

Et il y aurait aussi une heure, une fraction de seconde, peut-être, où Vlasta serait en mesure de renverser le cours des choses.

Il fallait seulement l'attendre.

Un seul point était sûr : elle, vivante, il n'y aurait pas de compromis entre le maintien de la rupture et le partage effectif du pouvoir.

Souvent, tout au long de ces jours où durèrent les préparatifs, elle galopait seule jusqu'à la nuit, au mépris de toute prudence, à sa propre rencontre.

Et ses yeux cherchaient, partout où elle sourdait, la couleur neuve, au creux des mousses, au creux des pierres, entre la crête des sillons. Il se propageait, le bel incendie vert, discret, timide encore, couvant sous la lande, trouant de ses languettes d'herbes et de pousses le feutre épais des végétaux moisis, les parquets de feuille pourries, les pans entiers de fougères mortes.

Bientôt, il se déchaînerait, gagnerait la nature entière et lancerait à l'assaut du ciel la flamme haute des peupliers.

Et par l'alchimie de la ferveur, Vlasta s'amalgamait tout : les bouleaux écorcés jusqu'à l'aubier par les jeunes cerfs et voués à la mort lente, les racines soulevées par la tempête, toutes les difformités que recèle la forêt, les troncs hérissés d'écailles de polypores noirs, les taillis inextricables où, sous les dômes d'épines, dorment les lechys et les gnomes, les hêtres bossus, tordus de grimaces, les troncs vrillés et torsadés, et ceux qui, couchés à terre par quelque désastre mais encore enracinés, s'étaient coudés à nouveau vers la lumière et s'élançaient.

Et de tout ce qu'elle voyait, elle faisait sa force.

Le dernier soir, comme elle rentrait d'une longue chevauchée, une vapeur d'étuve et des rires étouffés l'accueillirent.

Cinq baquets avaient été installés dans la salle sur un treillis de planches et, seules des têtes enroulées de bandeaux et des épaules luisantes en dépassaient. C'étaient Tania, Tamara, Wanda, Lybena et Zena qui se préparaient à leur mission du lendemain.

Le flou impalpable autour d'elles, leurs yeux brillants et leurs visages rosis par la chaleur leur donnaient une parenté, comme une aura remontée de l'enfance.

Les sachets de son, dont elles s'étaient frottées, avaient blanchi l'eau : on eût cru qu'elles baignaient dans du lait. Et les graminées de foin, les brins de mélilot, surtout, qui s'y trouvaient mêlés, infusés par poignées, embaumaient.

Tamara fredonnait le chant des baigneuses, et les autres, en riant, reprenaient le refrain :

Elle clapote sur ton corps
La caresse et l'épouse :
Ah ! la bonne amante que l'eau !

Seuls les brochets grillés, qu'on apportait dans de grands plats sur des lits d'herbes, les décidèrent enfin à enjamber les rebords de leurs baquets.

Et lorsqu'on les eut séchées, vigoureusement frottées de paille et massées d'huile parfumée, ce fut comme si elles avaient jailli de leurs chrysalides d'hiver.

Elles s'étiraient, essayaient d'invisibles ailes neuves et quelques pas de danse.

Elles dormirent mal, se tournèrent et se retournèrent sur leurs couches et les quelques rêves qui les visitaient étaient débiles, encombrés d'images rudimentaires, de bric et de broc inutilisables.

Le réveil les délivra.

L'aube était bleue et la journée s'annonçait belle.

Jusqu'à midi, on les vêtit, on les para. Et, à l'orifice du fourreau de leur glaive, fut glissé un rameau de noisetier dont s'entrouvraient les chatons jaunes.

Ainsi réunies pour le départ, toutes vêtues de blanc et ceintes de couleurs vives, elles ressemblaient à ces belles jeunes filles de l'autre royaume, les vilys, qui se déplacent par essaims dans les airs et ne se posent que pour assaillir de leurs rires et de leurs niches, au prix souvent de sa raison, le voyageur égaré.

Certaines avaient mis dans leurs cheveux, au creux d'une torsade, quelques brins de pervenche.

Mais Vlasta les leur fit ôter :

« Vous n'allez pas à des noces, mes sœurs ! »

Olga s'interposa :

« Ah ! pourquoi dire cela ? Qui aura encore des pervenches, après des heures de chevauchée ? »

Mais les mots de Vlasta restaient, qui faisaient mal et leur révélaient brusquement la nature des préparatifs qu'elles avaient, en toute innocence, exécutés depuis des jours : c'étaient des rites de fiançailles.

Comme convenu, elles atteignirent Zubecua à l'approche du crépuscule.

Dès l'instant où elles virent monter les premiers panaches de fumée et aperçurent les premières maisons, c'en fut fait de leur insouciance et des drôleries dont elles s'étaient égayées tout au long du voyage. Elles avancèrent désormais sans un mot.

Les rues étaient vides – elles pouvaient tout à loisir regarder autour d'elles. Et leurs yeux captaient les mêmes messages.

Leur première surprise fut de trouver, déplacée de cinquante pas à l'aval et arrachée à l'ombre du saule sacré, la plate-forme flottante d'où on jetait dans le fleuve, aux grandes fêtes du solstice, le mannequin de la mort et de l'hiver.

Que la fête se fût déroulée à l'écart de l'endroit rituel était inexplicable. Sans doute avait-on seulement voulu remplacer quelques planches moisies.

Mais, soudain, leur apparut, encore marqué aux angles par les anciens blocs de granit, l'emplacement vide du sanctuaire.

Elles suffoquaient.

Elles ne tardèrent pas à apercevoir l'édifice, reconnaissable sans peine à ses portiques de bois sculpté et à la palanque de pieux chaulés qui le cernait, reconstitué à proximité de la Maison du Conseil.

Avaient-ils vraiment osé croire, à Zubecua, qu'un lieu de culte pût être déplacé selon les convenances de quelques-uns ?

Ce lieu, où Libussa venait chercher les réponses aux questions qu'on lui posait, et où déjà les Bojens, puis les Marcomans, puis la tribu de Czech, puis celle de Croh, avaient célébré leurs dieux, était un de ces lieux de force qui, au cours des siècles et des millénaires, s'est imposé aux bêtes puis aux gens. Là, les premiers habitants de la contrée avaient pu observer que les loups blessés venaient somnoler et guérir, tandis que le chef de la horde, soudain béat, laissait, en toute quiétude, le gibier vaguer à l'entour, sans songer à le poursuivre. Oui, c'était un de ces points terrestres où convergent les influences bénéfiques, et que la constellation des étoiles, l'entrelacs précis des minerais, des filons rocheux, des veines d'eau souterraine, désignent au culte. Et c'était ce lieu qu'avaient délaissé les gens de Zubecua !

Ils finiraient bien, ceux qui avaient osé cela, par atteler à la charrue le cheval sacré qu'abritait le sanctuaire !

Ce n'était pas de la colère qu'éprouvait Tania, devant la brutale incompréhension dont ils faisaient preuve, mais un découragement brusque, qu'elle voyait reflété aussi au visage de ses compagnes.

Elles virent sans impatience et sans plaisir approcher sur la route dans un dandinement rythmé, une troupe de joueurs de flûtes et de pipeaux qu'on envoyait du palais à leur rencontre.

Une longue table de banquet était dressée dans la salle du Conseil.

A une extrémité, cinq sièges aux dossiers de bois sculpté avaient été préparés pour les accueillir.

A l'autre, trônait le roi, tandis que, sur les côtés, avaient pris place les hauts conseillers, au nombre de trente environ.

Tania remarqua aussitôt l'absence de Lumir, et sa déception en fut grande. Depuis longtemps, elle cherchait dans sa mémoire le détail de ses traits. Et c'était toujours à l'instant où elle cernait enfin sa présence et croyait la saisir, qu'une mouvance de taches de lumière venait l'aveugler. Elle s'était persuadée que le regarder un seul moment à Zubecua lui rendrait sa tranquille indifférence.

Ne pas le voir réveillait son vertige.

Le vieux Kosma aussi était absent, et Oldrich, le frère de Zena. Et toutes se promettaient d'en demander, plus tard, la raison.

En quelques phrases brèves le roi leur souhaita la bienvenue et remit l'ouverture des débats à la fin du souper.

On but au succès des pourparlers. On but même à Vlasta.

La cervoise était lourde mais d'un bel ambre sous sa mousse, et plusieurs, les yeux fixés sur l'œil unique et rond de leur timbale, semblaient s'y noyer.

Tania salua à son tour l'assemblée et tous, alors, levèrent la tête. Ce qu'elle se réservait de dire plus tard dans sa harangue, elle l'annonça en quelques mots : les femmes de Diewin n'avaient modifié ni leurs exigences ni leurs espoirs ni leur ferveur.

Ses bras accompagnaient de leurs gestes libres et amples ce qu'elle disait, des bras superbes dont on savait aussitôt qu'ils tendaient l'arc et prolongeaient le fer des glaives. Et aucun, parmi les hommes, ne parvenait plus à en détacher son regard.

Pour finir, elle remit au roi une topaze à demi dégagée de sa gangue.

« Les yeux s'en émerveillent et les pics s'y

ébrèchent » étaient les mots dont Vlasta la chargeait d'accompagner son présent.

Déjà, on apportait sur les broches des marcassins entiers dont la couenne dorée, fondante à l'œil, était incisée de guillochis. Suivaient de grandes brasières remplies de glands et de châtaignes, puis les jattes où frissonnait, dans sa transparence radieuse, la gelée de sorbier.

Comme certains commençaient de porter, du bout des doigts à leurs mâchoires, les succulents morceaux de viande, une tenture fut brusquement soulevée, qui découvrit une ouverture dans le mur.

Surgit alors, à l'émerveillement de tous, un couple somptueusement vêtu et qui jonglait avec des balles multicolores.

Leur apparition était si surprenante qu'elle arracha des oh ! et des ah ! et ralentit considérablement les mastications, quand elle ne les stoppait pas tout à fait.

Leurs visages étaient peints avec art, leurs fronts, décorés d'arabesques et leurs yeux, agrandis d'ailes qui s'ouvraient en éventail sur les tempes. Les grands anneaux d'or qui perçaient les lobes de leurs oreilles les avaient étirés sous leur poids. Tressés de chaînettes, les cheveux de la jeune femme se déversaient en cascades sur ses reins, tandis qu'un turban, haussé d'une escarboucle, ceignait le front de son compagnon. Leur peau (main, bras entrevus dans l'ampleur des manches, pieds nus) avait les plus précieux reflets du cuivre. Et, au travers des fils d'argent dont étaient tissés leurs caftans, on pouvait voir nager des dragons bleus.

Mais le plus étonnant était l'accord parfait de leurs gestes. A les voir entrecroiser en jonglant les trajectoires de leurs multiples balles, et pris ensemble à leur vrille ininterrompue et mouvante, on eût cru qu'une seule tête commandait leurs deux corps.

Tania et ses compagnes avaient tout oublié : ce qui les avait amenées ici, les hommes qui les entouraient, les marcassins, désormais froids dans leurs assiettes.

Le ravissement les tenait.

Devant elles, loin des jeux ignobles de la répulsion et de l'attirance, de la conquête et de la trahison, dansaient deux corps complices aux doigts innombrables.

Elles ne voyaient pas le regard des hommes reculer plus loin encore dans une ivresse triste et sourde.

Elles ne virent même pas, à un certain instant, sortir le roi.

Seul les retenait à la réalité le désir qu'elles avaient de ramener vivant à Diewin le récit de ce merveilleux intermède.

Les saltimbanques montrèrent encore maints tours. Mais, lorsqu'ils se mirent à jongler avec des torches enflammées et qu'on vit les langues de feu leur lécher les mains sans les brûler, ce fut l'apothéose.

Alors, pour finir, secouant leurs manches, ils en firent pleuvoir des fleurs qu'ils lançaient en souriant à l'assistance.

Tania, s'arrachant avec peine à son ravissement, leur cria :

« D'où venez-vous ? »

Mais ils firent signe en agitant les mains qu'ils ne parlaient pas la langue d'ici.

Brusquement, ils eurent disparu.

Et tous, écarquillant les yeux, se sentaient comme aspirés dans leur trajectoire.

Alors, dans la salle que cet homme et cette femme avaient mise en fête, commença l'ère de leur absence.

Les murs et les pieds de table firent la connaissance de leur immobilité. Les corps présents, indépendamment de ceux et de celles qu'ils hébergeaient, découvraient la détresse de ne pas jongler à quatre mains.

Une nappe d'air froid s'était répandue sur le sol.

Des frissons les gagnaient, qu'ils chassaient en vidant les timbales.

Les dernières paillettes s'étaient éteintes au fond des yeux.

Alors, un brouhaha se fit entendre, des voix hautes qui perçaient le chant des flûtes et des pipeaux et qui semblaient venir de l'aile du bâtiment où soupaient les cinquante filles de l'escorte. A peine Tania, Tamara, Wanda, Lybena et Zena eurent-elles perçu la rumeur du fond de leur engourdissement, que la tenture s'écarta à nouveau.

Cette fois, non plus, elles ne comprirent pas tout de suite ce qui se passait, ni quel nouveau tour d'adresse annonçaient ces lueurs de métal qui mouchetaient les murs et le plafond. Un moment, l'espérance de voir, derrière le groupe qui entrait, réapparaître le couple lumineux, leur leva le menton et alluma leurs yeux.

Mais, déjà, tout basculait.

Wanda, la première, cria :

« Nous sommes trahies, mes sœurs ! »

Tous et toutes, d'un commun accord, avaient déposé leurs armes avant de s'asseoir à table, et Lybena, la main sur son fourreau vide, rugissait de rage. Les coups étaient déjà depuis longtemps portés, qu'elles croyaient encore s'en défendre. Seul, peu à peu, les alertait le ruissellement chaud qui gagnait leurs reins et leurs cuisses. Tout à l'entour avait commencé de tanguer. Bien que les hommes eussent été préparés à ce crime, sa réalité immonde les atteignait de plein fouet : ils quittaient la pièce. Et leur fuite précipitée faisait croire à un naufrage.

Tamara tomba à genoux. Elle écrasait ses poings clos contre ses oreilles, assourdies par un fracas de cataracte.

Frappée aussi au dos, Tania avait lentement glissé au sol, les yeux encore ouverts sur le ballet rouge et lent qui se dansait au-dessus d'elle.

La première douleur qui l'atteignit ne lui vint

pas de sa plaie mais des ongles que Zena enfonçait dans son bras. Un court instant, elle se débattit, tout à la panique que la souffrance pût la harponner et la retenir encore du côté des cris et des râles. Mais une convulsion l'arracha à sa peur. Un bruissement montait en elle, qui la berçait, et les fibrilles qui dansaient devant ses yeux s'organisaient en visions fugitives.

Elle vit Vlasta, – ou plutôt une boule de feu qui était Vlasta et qui levait les forces aux cœurs, comme le soleil lève aux champs les épis. Et ce feu la tirait à lui, la remettait debout, des branches s'élançaient de ses épaules et de ses bras, la couronnaient de feuilles. Elle agitait doucement ses doigts.

Puis, quelque chose de blanc qui flottait dans l'air tomba en tournoyant dans la poussière. Et elle reconnut la bannière du messager, le signe des dieux qu'elles n'avaient pas su lire.

Une de ses compagnes cria son nom et, s'abattant à ses côtés, l'étreignit. Et Tania, s'abandonnant à son enlacement, le sentait peu à peu se relâcher, s'alléger, jusqu'à n'être qu'un frôlement, puis glisser d'elle, doucement, comme un pan de drap.

Elle fut soudain sur un lit de mousse au pied d'un yèble. Et elle put voir, au-dessus d'elle, le visage de Lumir qui la cherchait au fond de l'amour. Un sourire éperdu lui tirait le coin des yeux.

Et la dérive l'emporta de nouveau. Le bruissement soyeux l'envahissait tout entière, la faisait flux à son tour. Brusquement, sous une averse de points d'or, à la douceur qui venait de l'envahir, elle sut que quelque chose d'ancien et de connu recommençait et qu'elle était morte.

Bientôt plus rien ne bougea de cet amas désordonné d'étoffes, de cheveux, de bras nus.

De la même façon qu'elles s'étaient données à la vie, entières, elles s'abandonnaient maintenant à la mort.

Personne ne voulut les approcher ni les toucher. Et il fallut menacer les esclaves gépides, achetés tantôt à Nitra, pour qu'ils acceptent de les porter dans leurs bras, une à une, jusqu'aux bûchers.

Les conseillers du roi, que leur opposition à ce guet-apens avait rendus suspects de trahison, étaient gardés à vue ou emprisonnés depuis des jours. On les relâcha quand le massacre eut été perpétré.

Lorsque Lumir, rendu à la liberté, aperçut au loin les bûchers qui fumaient, il se jeta au sol et mordit la terre.

Tania était morte. Et ses compagnes.

L'abomination de ce crime le priva de ses sens.

Ce fut son cheval qui, en lui enfonçant ses naseaux dans le cou et les aisselles, le remit debout.

Alors, l'enfourchant, il fonça vers Diewin.

Il ne s'arrêta qu'une seule fois pour le laisser boire.

Sa gorge et ses yeux étaient en feu, mais il se gardait bien de toucher l'eau. Il souhaitait que cette braise, qui calcinait déjà ses paupières, lui consumât aussi le cerveau et le crâne, pour le soulager un seul instant de sa souffrance.

Il filait, culbutant les heures, coupant en deux le vent, la forêt rouge.

Son cheval, quand il eut atteint le raidillon qui montait vers la forteresse, s'abattit dans son écume. L'abandonnant, il coupa court par le talus, le gravissant, tantôt à quatre pattes, tantôt agrippé aux buissons, toujours courant. Le cœur lui battait au larynx.

A la première silhouette qu'il entrevit à une barbacane proche, il hurla :

« Ils les ont tuées ! »

Il put voir bientôt, à travers le rideau de sa fièvre, un grésil de flammèches, le chemin de ronde se garnir d'ombres vives et agitées.

« Ils les ont tuées ! » hurla-t-il encore, à pleins poumons.

Ce dernier effort l'aveuglait.

Et elles, horrifiées de ce qu'elles entendaient, bandaient leurs arcs et l'eurent bientôt criblé de flèches.

CHAPITRE VII

UN RENDEZ-VOUS

« ET tu croyais tout ce qu'on te disait de nous ? »

Milena, arrêtant sa cueillette, s'essuya le visage du dos de la main et se mit à rire :

« Pourquoi ne l'aurais-je pas cru ? Chaque jour nouveau apportait des preuves de votre entêtement démoniaque. Les femmes qui ne dorment pas au flanc de l'homme sont des monstres, disait Radek. Et il n'avait tort et raison qu'à demi : car ne sont-elles pas des monstres, aussi, celles qui dorment aux bras du mépris ? »

Elle était superbe au milieu des framboisiers, un poing sur la hanche, avec, dans les yeux, une lueur à la fois vindicative et joyeuse. Et le furieux contentement qu'avait son corps à traverser ce jour d'été irradiait tout à l'entour, gagnait Vlasta, Olga et Sharka.

« Savez-vous, demanda-t-elle soudain, avec malice, à quoi Europe reconnut que le taureau était un dieu ? Et Leda, le cygne ?

– Pour sûr, reprit aussitôt Olga, les lèvres rougies de framboises, elles savaient, comme nous, que tous les taureaux peuvent l'être, et tous les cygnes ! »

Milena fit la moue :

« Impossible de vous prendre en défaut ! »

Et, après un silence :

« Voilà ce qu'à force de loucher vers Rome ou vers Byzance, on ne sait plus à Zubecua ! Que m'importe l'homme qui ne voit pas en moi la déesse et qui ne se souvient même pas que, parfois, les dieux le visitent ! N'importe quel sac de son m'enflamme davantage ! Pouah ! »

Et, crachant de dégoût, elle les fit éclater de rire toutes trois.

Pour renouer son fichu qui avait glissé, elle levait haut les deux bras, laissant voir la blondeur de son aisselle et, dans l'entrebâillement ourlé de sueur du caraco, son sein menu.

Elle reprit aussitôt à voix basse :

« D'abord, l'amour m'a subjuguée. Il était neuf. Et quand j'ai su danser, j'ai voulu aussi voler – mais Radek, qui n'avait pas d'ailes, disait que l'amour n'en a pas. »

Apercevant une perle de résine fraîchement coulée, elle la cueillit du bout de sa langue avant de poursuivre, songeuse :

« Quelque chose se meurt... à Zubecua... Comment vous dire ce qui se passe ? Je n'ai pas su tantôt vous répondre; aussi j'y repense sans cesse. Comment dire ce qui est furtif et fugace, ce qu'on croit apercevoir en haut, et qui est en bas ? dessous, et qui est dessus ? à côté, et qui est dedans ?

Comment dire ce qui envahit tout, pénètre tout, mais n'a pas de forme à soi ? Ce qui grandit et prolifère, mais n'a pas de contours ? Un esprit inconnu a envahi la ville : et tous et toutes ont été tirés du côté du monde où les taureaux pèsent leur poids de viande. »

Elle s'arrêta, les yeux enfiévrés, avant de poursuivre :

« O ma mère la tempête, mon père le vent, ô ma mère la boue, mon père le roc ! Voilà qu'ils oublient qui ils sont, les gens de mon pays ! Voilà qu'ils laissent croire à leurs enfants que, seuls l'homme et la femme les engendrent ! Voilà qu'ils prennent leurs enfants au piège ! L'homme va mettre le grappin sur l'homme. Il sera livré, pieds et poings liés, à son semblable. Une ère de servitude va commencer. Est-il possible qu'elle puisse devenir, peu à peu, sujétion, la vieille alliance des êtres et des choses ? La femme qui cuisine et qui parle au feu, l'implore de s'adoucir quand il fulmine, le taquine quand il veut s'assoupir, la femme qui parle au feu et à qui le feu répond, de prêtresse deviendra-t-elle souillon dans la cuisine ? La lavandière qui parle à l'eau, la caresse et la peigne de ses doigts écartés, et qui lui arrache le secret de ses sources, la lavandière qui parle à l'eau et à qui l'eau répond, se plaindra-t-elle de ses doigts gourds et de son dos cassé ? Celle qui parle à l'air en mettant le linge à sécher et qui flaire à quels vents il s'est frôlé, celle qui parle à l'air et à qui l'air répond, ploiera-t-elle sous le poids des draps mouillés? Celle qui fouit la terre en amante, les narines ouvertes, et qui devient taupe pour s'y enfoncer vivante, celle qui parle à la terre et à qui la terre répond, sera-t-elle payée à la journée d'une écuelle de gruau? Et celle dont le ventre a plu à Perun, et grandit, et devient un royaume habité, sentira-t-elle la nausée la prendre et ses jambes devenir lourdes?

Elle se taisait, mordant son doigt.

Partout où les rayons perçaient le sous-bois, on voyait des nuées de moucherons flotter dans l'air comme de la poussière de pollen.

Echappée à un mauvais rêve, elle s'étira soudain et ajouta :

« Quand l'angoisse m'a prise à vivre au milieu d'eux, je me suis dit : Milena, elle avait donc raison, Barbora, la vieille sorcière, te voilà mûre pour Diewin. Et je me suis mise en route. Et me voilà! »

Elle se faufilait au milieu des buissons tout en parlant et allait de l'une à l'autre de ses compagnes, les enlaçait en riant...

« Me voilà!

– Ç'a été si simple vraiment? » lui demanda Sharka qui, pour la taquiner, tirait un coin de son fichu.

Mais elle de se renfrogner aussitôt :

« Ah! non, j'ai déjà tout raconté à la veillée! Ne me questionne plus! »

Au matin qui avait suivi le massacre des émissaires et de leur escorte, Milena s'était rendue au palais pour chercher Radek. Elle arriva tout juste pour voir les serviteurs gépides porter les mortes aux bûchers.

Depuis longtemps, elle connaissait la guerre, les pièges et les embûches et les sommets qu'avait atteints la haine entre les deux camps.

Aussi ce ne fut pas leur cruauté qui la secoua de répulsion envers ces hommes dont Radek faisait partie, mais leur mépris des lois de l'honneur.

Ils tuaient, mais ils osaient déléguer à d'autres le soin de frapper.

Se dérobant aux obligations sacrées qu'ont les meurtriers envers leurs victimes, ils commandaient à des inconnus de porter leurs sœurs aux bûchers.

Dès cet instant, Milena sut qu'elle n'était plus de leur monde. Elle resta parmi eux en étrangère, à guetter l'instant où ses pieds prendraient la fuite.

Les juments qui, jusqu'alors, avaient brouté en paix à quelques pas de là, se mirent soudain à piaffer et souffler fort, assaillies par les taons.

Vlasta, Olga, Sharka et Milena vinrent aussitôt les frotter de feuilles de tanaisie, pour éloigner d'elles les insectes.

Puis, elles ramenèrent dans la clairière, près

d'un ruisseau, leurs paniers déjà pleins. Les framboises écrasées dans le fond par le poids des autres lâchaient, à travers le jonc tressé, un suc épais qui dégoulinait aux mollets des porteuses. S'humectant les doigts de ce jus, elles s'en barbouillaient le front, le nez et les joues, riant aux éclats de l'effroi qu'elles se causaient les unes aux autres.

Alors, se poursuivant, elles se poussaient dans le ruisseau et, saisies par la fraîcheur de l'eau, criaient sous les éclaboussures.

Bientôt, trébuchant, pieds nus sur les galets, elles se retrouvèrent assises dans un pied d'eau, à mâcher des brins de cresson. Le lin de leurs chemises trempées épousait si exactement leurs corps qu'il laissait transparaître, autour de la pointe durcie des seins, le rond grenu de l'aréole. Puis, elles coururent se sécher au soleil, avant de s'affaler dans l'herbe. Milena, avec les campanules, les millefeuilles et les colombaires qu'elle pouvait cueillir en tendant les bras, leur tressait des couronnes.

D'un sac de toile, surgirent soudain des petits fromages durs et des galettes de mil frottées d'ail que les secousses du transport avaient émiettés.

Elles dévorèrent tout, se racontant, entre les bouchées, des riens qui les faisaient rire.

Lorsque Olga évoqua la fête de la pleine lune qui aurait lieu la nuit prochaine, Milena s'écria :

« Demain déjà ! Je n'y songeais pas ! C'est donc demain, à l'aube, que part pour Pliska une ambassade menée par Cztirad en vue de négocier une alliance! »

Aussitôt Vlasta bondit :

« Es-tu sûre de ce que tu avances? »

Et toutes, soudain, retenant leur souffle, étaient suspendues à ses lèvres.

« Tout à fait sûre! » murmura-t-elle, surprise de l'effet de ses mots.

Vlasta, d'un mouvement brusque, avait saisi ses poignets, et Milena se sentait tirée en avant par son regard, happée.

« Combien sont-ils?

– Cent pour le moins, par crainte des Avars campés aux abords du Danube.

– Eh bien, s'exclama Vlasta, en se détournant de Milena, qu'attendons-nous encore? Il faut rentrer et nous préparer à aller les cueillir! La première étape les mènera, comme de coutume, aux environs de Ztadiez, et c'est là que nous les attendrons. Il faut éloigner Cztirad par un piège et assaillir le campement sans chef au milieu de la nuit. »

Elle se redressa d'un bond. Les considérant l'une après l'autre, elle murmurait :

« Elle est venue, mes sœurs, l'heure que nous attendions depuis quatre mois! Elle est venue! »

On voyait dans ses yeux étincelants s'élaborer les plans d'attaque. Brusquement, son regard tournoya autour de Sharka et fondit sur elle :

« C'est toi qui tendras le piège à Cztirad. Qui d'autre que toi le pourrait? »

Un moment, Sharka parut ne pas comprendre. Le cri strident d'un oiseau crêta le silence. Alors, lentement, elle se leva. C'était comme s'il lui avait fallu, en se dressant, repousser le ciel descendu sur ses épaules :

« J'irai », dit-elle.

Et elle ajouta, après un long silence que personne ne songeait à rompre :

« Mais lui, viendra-t-il au rendez-vous que je lui donne ?

– Au cœur des hommes et des femmes, répondit Vlasta, loge l'inconciliable. Il t'aime autant qu'il t'exècre, et il viendra. »

Impatiente de regagner Diewin, elle se dirigea vers les chevaux. Les autres aussi se levèrent et la suivirent.

En quelques bonds, Sharka l'ayant rejointe se plaça devant elle. Les mots butaient sur ses lèvres sèches :

« Le faut-il vivant ? demanda-t-elle.

– Et pourquoi vivant, je te le demande ? Qu'avons-nous à dire encore à l'un de ceux qui firent frapper au dos nos sœurs désarmées ? »

Puis, voyant dans ses yeux s'affoler des vibrions, elle ajouta d'une voix adoucie :

« Mais ramène-nous son corps, car nous saurons lui rendre non seulement les honneurs que doivent les vivants aux morts, mais ceux encore que mérite un homme qu'aima Sharka. »

Tout le jour précédant le rendez-vous qu'elle avait, par l'entremise de Mio, fixé à Cztirad, Sharka s'occupa d'aguerrir son cœur.

Elle prit part aux préparatifs de combat des cent filles que menait Vlasta et se laissait envahir tout entière par le grincement des lames qu'on aiguise et le soupir chuinté des glaives coupant le vent.

Chaque fois qu'on lâchait sur l'esplanade la troupe des spatas et des lances, c'était le même tohu-bohu.

De même qu'elles connaissaient au râtelier la somnolence, les armes découvraient aussi l'exaltation en frappant d'estoc et de taille. Leur réveil soudain allait chercher aux mémoires un malaise invincible et ancien.

Toutes celles qui avaient traversé une bataille connaissaient le moment terrifiant où les épées, dans le fracas des étincelles, reprennent l'autonomie du fer et du feu, et s'élancent, tirant en avant la main qui les tient, rebondissent, sifflent, transpercent, tranchent, et mènent leur guerre.

Quiconque avait vécu cela, donnait un nom à son épée, et gardait au cœur une terreur secrète.

De tout le jour, Sharka n'eut pas une pensée. Les gestes qu'elle faisait, méticuleux, précis, l'absorbaient tout entière.

Quand vint l'heure de partir, elle dissimula,

sous les fines lanières de cuir dont était tressée la crinière de sa jument, le mince étui d'un poignard.

D'autres mains l'avaient vêtue et, à en juger par la très légère traction qu'exerçaient ses cheveux sur sa tempe, elle avait aussi été peignée et nattée.

Ses yeux avaient cette superbe fixité, béante et noire, que donne aux devineresses l'absorption des baies de belladone.

Elle avançait au petit trot parmi les autres, et sa propre maîtrise exerçait sur elle une fascination. Elle observait, en étrangère, le flux et le reflux de l'air brûlant dans son thorax.

Après plus d'une heure de chevauchée, le moment vint pour elle de quitter Vlasta et sa troupe qui, par petits groupes de cinq ou six, gagnaient vers le nord, à trois lieues de là environ, la forêt où elles se tiendraient dissimulées jusqu'à la nuit. Sharka répondait aux signes d'adieu que toutes lui faisaient de la main, l'index chevauchant le médium pour tenir éloigné d'elle le malheur, et ses lèvres leur souriaient.

Elle n'avait plus guère qu'une lieue à franchir jusqu'au bord du lac. Jugeant de son avance à la position du soleil couchant, elle mit sa jument au pas. La chaleur de ce jour d'été l'avait alanguie. Elle avançait lentement aux dodelinements paresseux de sa croupe. Et Sharka se laissait ballotter.

En s'arrêtant à une source pour la faire boire, Sharka cueillit un brin de belle-étoile et l'effrita soigneusement dans sa poche. Dans deux jours, quand cette fleur bizarre aurait fané et lâché soudain au travers de l'étoffe son odeur vanillée, elle lui causerait une surprise et rappellerait cet instant à sa mémoire.

Mais l'idée l'effleura qu'elle n'aimerait pas, plus tard, sans doute retourner à cet instant. Alors cherchant soigneusement les fragments de la plante au fond de sa poche, elle les éparpilla dans la fontaine.

Le soir, en tombant, étirait les ombres. Tout devenait rose à l'entour.

Déjà, elle apercevait le talus qui descendait en douceur vers un bouquet de jeunes saules, puis, en retrait, le hêtre immense au tronc fendu d'une cavité profonde dont l'ombre était le lieu du rendez-vous, et, tout aussitôt, derrière un rideau de joncs, calme et profond comme un œil ouvert derrière sa rangée de cils, le lac mauve qui la fixait.

Elle se dirigea vers l'endroit désigné, sous l'arbre. Sans descendre de cheval, immobile et droite, elle attendait.

Le crépuscule s'esquiva sans qu'elle le vît. Un long moment dut s'écouler à son insu jusqu'à l'instant où elle découvrit ses mains et la robe de son cheval argentées par la lune.

Comme elle avait oublié pourquoi elle se tenait là, un cavalier surgit soudain à dix pas d'elle, les cheveux flottants sur les épaules, nimbé d'argent lui aussi.

Et à peine l'eut-elle reconnu que l'amour la reprit.

Sa joue droite s'ornait d'une estafilade qu'elle ne connaissait pas; elle manqua de peu d'y porter les doigts. Pour le reste, elle reconnut tout, le grain de la peau, la palpitation de la tempe et le coin de la lèvre que l'émotion tiraillait.

Elle toussa pour s'éclaircir la voix et lui demanda s'il était armé. Il fit signe que non. Plaçant les chevaux flanc contre flanc, il tint les bras écartés pour qu'elle pût s'en assurer. Elle se pencha en avant pour tâter son thorax et ses hanches, et ne trouva que son corps sous le lin du sarreau. Puis, elle leva les bras à son tour et il en fit de même. L'effleurant de ses deux mains, il ne rencontra sous l'étoffe que sa peau.

Alors, brusquement, s'empoignant, ils roulèrent ensemble au sol.

Effrayés, les chevaux trépignèrent et hennirent, puis les poussèrent du naseau pour les mettre debout.

Mais, presque aussitôt, ils s'écartèrent, le mufle dans l'herbe, pour brouter.

Quand Cztirad et Sharka eurent émergé du coma de l'amour, ils virent qu'ils avaient mis en mouvement dans la nature entière les fléaux du désir. La terre, les buissons, les arbres, tout palpitait à l'entour. L'érection des fûts de hêtres honorait la lune béante au-dessus d'eux, baignant dans sa mouillure onctueuse et blanche. L'écorce grenue des conifères respirait comme la peau des batraciens criblée de glandes. Et aux saillies moussues des rochers, des goitres s'étaient mis à battre. Cztirad et Sharka écarquillaient les yeux sur ce halètement universel. Et le délire les berçait. Si l'un ou l'autre avait été seul à surprendre ce spectacle interdit, il ne fût pas sorti vivant de la forêt. Mais, cette nuit-là, pour mettre le monde en branle, les dieux avaient eu besoin d'eux, de leurs râles et de leur sueur, et du bruit que faisaient leurs dents en se cognant.

Non loin de là, sur une minuscule presqu'île que formait l'avancée de quelques rochers, se dissimulait, sous le dais feuillu d'un saule, un lit d'herbes où ils venaient autrefois, en été, célébrer l'amour. Les fourrés inextricables en défendaient l'accès par la terre. Aussi fallait-il l'aborder par l'étang. Jamais encore, ils n'y avaient nagé, la nuit tombée. Et tandis qu'ils fendaient l'eau, côte à côte, sans soulever une seule éclaboussure, ils sentaient sous eux le gouffre.

A peine eurent-ils posé le pied sur le promontoire encore tiédi de soleil, qu'ils furent assaillis par l'essaim des baisers et des morsures qu'ils avaient échangés là, et qui, liés à ces rochers par un sortilège, les attendaient.

L'instant vint qui les terrifia, où, dans la nuit à peine diluée par l'aube, la première sarcelle en s'éveillant dérangea les joncs.

Sharka se leva la première et entra dans l'eau.

Et Cztirad la suivit.

L'étang, où la lune finissait de rouiller, avait le gloussement trouble de ces eaux vieilles de mille ans qui clapotent à l'intérieur des gangues.

Au lieu de prendre au plus court, Sharka fit une large boucle par le milieu du lac. Et Cztirad, espérant, de la fraîcheur prolongée de la nage, qu'elle l'arracherait à sa torpeur, l'imita.

Un couple de canards sauvages, en s'enlevant de l'eau, frôla presque leur tête et leur causa de la frayeur.

Leurs yeux ne se cherchaient plus.

Ils fixaient au loin la rive, avec un désespoir buté.

Parfois, par mégarde, leurs doigts s'effleuraient : d'un sursaut, ils s'écartaient l'un de l'autre.

Mais brusquement, à l'instant où derrière les saules moussa la sanie rosâtre de l'aube, Sharka chercha le corps de Cztirad et l'enlaça.

Avec ferveur, il répondit à son étreinte, buvant à grands traits le ruissellement de ses cheveux.

D'une saccade convulsive de ses hanches, elle se souda à lui, les jambes enroulées aux siennes. L'enserrant de ses bras, elle le tirait sous l'eau.

Il se débattit dans la suffocation.

Un instant, ses mains cherchèrent à serrer la gorge de Sharka.

La tiédeur de la surface avait fait place à un froid de jade.

Leur étreinte était si étroite qu'ils sentaient leurs cœurs se cogner l'un l'autre. L'angoisse de mort les quittait. Un poison bleuté, quelque chose comme un délice sourd, s'était mis à courir la ramification de leurs nerfs et de leurs veines. Et ils s'abandonnaient.

Ils descendaient ensemble, au plus profond.

L'une après l'autre, d'invisibles portes de cristal s'écartaient en tintant pour les laisser passer.

La même nuit, à quelques lieues, Vlasta et ses filles, après avoir estoqué le guet, s'étaient glissées dans le camp, comme fouines.

Ceux qu'elles égorgeaient dans leur sommeil et qui ne s'éveillaient que pour mourir, voyant devant eux des femmes, criaient le nom de leur amante. Certains trouvaient leur glaive et parvenaient encore à se défendre, ne retardant leur mort que d'un court moment d'épouvante.

Quand se leva l'aurore sur le camp dévasté, elles essuyèrent avec soin leurs lames dans l'herbe et le sable.

Bon nombre d'elles sentaient la prophétie de

Libussa réalisée. La haine les avait désormais transformées en ceux-là mêmes qu'elles combattaient. Elles venaient de commettre leurs crimes.

Mais, ce que Libussa n'avait pas dit, – pas su, sans doute, – et qui était pire encore, c'était que cette transformation, loin d'être intégrale, les scindait en deux parts : une main pour le meurtre, l'autre pour la piété.

Désormais, les deux camps étaient en elles. La guerre avait investi leurs corps.

CHAPITRE VIII

ENCORE UN RENDEZ-VOUS

La volupté que l'été finissant éprouvait à laisser les rafales de vent effeuiller ses couronnes, arracher ses feuillages et les marteler de pluie, son entier abandon au désastre intime que lui infligeait l'automne, remuaient au cœur des humains de troubles envies de reddition.

Les arbres se complaisaient sous la férule des vents. La clématite folle que septembre jette à l'assaut des plus hauts troncs agitait avec effusion ses panaches ébouriffés. Il semblait même à certaines habitantes de Diewin que, jamais, les années précédentes, les multiples portes des couloirs et des cours ne s'étaient laissées aller à grincer avec pareille absence de retenue.

Oui, d'étranges envies rôdaient à l'entour : celle de déposer les armes par exemple, ou celle, silencieuse et ouatée, de cheveux blancs et de vieillesse, ou, tout bonnement, le besoin de dormir, dormir, enfin, après une trop longue journée.

Mais qui pourrait le nier? Elle avait aussi sa douceur, la mélancolie partagée.

Parfois, pourtant, une détresse aiguë perçait le silence, comme dehors, dans la campagne, le rouge ardent des coquerets ou des baies d'aubépine, le concert sage des ocres et des bruns.

Un jour que bon nombre de filles s'occupaient de rentrer le bois, la vieille Barbora apparut, cahotée par sa mule, devant les murs de Diewin.

De loin, sa tête semblait posée, comme un gros tubercule ratatiné, sur le paquet de chiffons fripés de ses vêtements. Et, sous le rebord terreux de ses jupes, se balançaient, comme breloques, deux tout petits pieds. Elle agitait la main et, de temps à autre, la portant aux fronces de sa bouche, envoyait des baisers.

On s'empressa de la laisser entrer car il n'était pas bon de se mettre mal avec elle. Mais plusieurs murmuraient à la dérobée, sur son passage, la formule sibylline qui tient éloignés les démons.

Dans la salle où l'accueillirent Vlasta et ses filles, elle jeta sur la table un bouquet fané d'étoiles d'automne.

« Pour Kamila, de la part de son fils ! » claironna-t-elle.

Celle à qui le présent était destiné changea de couleur, s'approcha de la table, fixant les fleurs avec égarement.

Mais la vieille éclata de rire.

« Alors, hein, qu'en dis-tu ? Elle a aussi du cœur

quelque part, sous le noir de l'ongle, la vieille Barbora ! Et pourquoi pas, je te le demande ? N'a-t-elle pas aussi aimé et été aimée ? Hein ? »

Et son rire découvrait ses gencives de silex gris que la mastication avait polies.

« Je le rencontre avant-hier, cet agneau, commença-t-elle, et je me pâme à le regarder : une goutte de sang dans du lait ! Il tend son bouquet et me dit : « Si c'est toi, Barbora et si c'est vrai que « tu peux tout, alors apporte ces fleurs à ma « mère ! » Flattée de l'hommage, je tire ma révérence et me pavane : « Parfaitement, petit, c'est à « bonne enseigne que tu t'adresses. Elle a mis en « croupe, sur de braves et de belles juments, plus « d'un cavalier, Barbora, l'entremetteuse ! Pour- « tant, je l'avoue : jamais encore je n'ai eu aussi « jeune pratique qui n'avait faim que du sein de « sa mère ! Qu'importe ! rien n'est plus excitant « qu'un début ! Et un petit voyage sur mes vieux « jours n'est pas pour me déplaire. Qui sait les « douces rencontres qu'on fait encore en ces jour- « nées d'automne ! Ah ! ah ! » Et me voilà en route, juchée sur ma vieille mule, mon bouquet à la main, et bien décidée à passer la nuit à Diewin ! Quelques plaisantins à qui je vais manquer chercheront peut-être mon sac d'os dans les buissons, autour de ma cahute. Mais qu'ai-je à craindre ? Pas d'amant jaloux, à mon retour, pour me soulever le menton de sa dague et chercher à lire au fond de mes yeux si je l'ai trahi ! Et si ces escogriffes du grand Conseil, hi hi ! apprenant où j'ai été, décident de m'envoyer *ad patres,* comme ils l'ont promis aux transgresseurs de la loi, le ridicule les tuera; car n'est-il pas plus cocasse encore d'exécuter une charogne que de condamner Dame taupe a être enterrée vivante ou Messire crapaud à être noyé ! Hi hi ! »

Tout en se tordant, elle grappillait dans une corbeille remplie de noisettes et de pruneaux secs.

Milena lui versa à boire une décoction bouillante de racines d'acore, puis servit Vlasta et toutes les autres. La vieille suçait, avec des prudences de chat, le rebord de sa jatte.

Kamila, qui s'était emparée des fleurs et les serrait contre sa poitrine, se tenait recroquevillée au coin de la cheminée. Tous ses cheveux, ramenés à flots sur son visage, la cachaient aux regards.

« Ah ! grommela Barbora, en voilà bien une guerrière, qu'un nain de cinq ans met hors de combat ! »

Et laissant là l'ironie, elle lui soufflait à voix basse :

« Oui, Kamila, descends ! Oui, laisse-toi tomber ! Il n'est pour refaire surface que d'avoir bien frappé le fond. »

Elle ponctua sa phrase d'un heurt violent de ses pieds, durs comme sabots, sur le plancher.

Pleine d'aise, elle se frottait les mains, puis elle se mit à regarder les filles, l'une après l'autre. Son sourire doucement graveleux lui mettait des petits paquets de plis au coin des yeux :

« Alors, mes colombes, mes amandes blanches,

mes joues lisses, qu'en est-il de vous ? Dites-moi ? N'est-ce pas un monde fou, celui où des filles comme vous, capables d'émouvoir un roc, passeront l'hiver entre elles ? »

Vlasta se mit à rire de bon cœur :

« Oh ! Barbora, voilà que tu parles comme le plus commun des hommes ! Une femme comme toi ! Quelle déception !

– Ma pouliche, répliqua-t-elle en gloussant, laisse-moi donc, à ma façon, tâter vos âmes ! »

Et lançant en avant ses mains sèches, elle palpait les seins de Dagmar, sa voisine, qui, aux éclats de rire des autres, l'esquivait en poussant des cris aigus.

A voir la vieille et à l'entendre, elles étaient toutes violemment tiraillées entre la répulsion et l'envoûtement. Une force redoutable mais généreuse, puisqu'elle mettait tout autour d'elle en émoi, sourdait de son corps tassé.

Louchant de dessous ses paupières, elle poursuivait son exploration :

« Et la nuit, mes colombes, entre deux vagues de sommeil, pas de regrets d'avoir tout lâché ? Vos familles, vos cahutes, vos habitudes ? Ne vous dites-vous jamais qu'elle aurait été douce, la vie, aux creux anciens des paillasses où vous dormiez, fillettes ? Ne vous dites-vous jamais que vous êtes allées bien loin, les chercher, vos raisons de vivre et de mourir ?...

Vlasta voulut intervenir, mais Olga l'en dissuada d'un sourire.

– Ah ! mes colombes, dans le terreau de la plus humble vie aussi, l'aventure lance ses rhizomes ! Dans la plus humble vie, sont en germe la passion, le délire, le ravissement et l'horreur ! Pourquoi si loin, je vous le demande ? Le grand est partout dans le petit. Dans chaque brin d'herbe s'élance la ramée; dans chaque feuille à nervures s'esquisse l'arbre entier; dans chaque galet veille la falaise; dans chaque goutte d'eau clapote la mer... Alors pourquoi ? N'était-elle pas bonne, la vie de l'ancienne Bohême ? »

Dagmar, secouant ses boucles avec véhémence, s'empara des poignets de la vieille :

« Quand la douceur des choses est menacée, n'est-il pas un lâche celui qui, au lieu de la défendre, jouit en hâte de ses derniers instants ?

– C'est bon, c'est bon, grommela la vieille avec irritation, délivrant, d'une saccade brusque, ses mains de l'emprise de Dagmar. Ne me fais pas la leçon. Je voulais seulement vous l'entendre dire... »

Puis, retrouvant sa voix claire et menue, à peine éraflée d'ironie :

« Elles sont donc sans regret aucun, les filles de Diewin, sans le moindre grignotement au ventre. Ah ! c'est bon, c'est bon. »

En tétant paisiblement le rebord de son bol, elle fixait le feu que Niva venait d'allumer dans la cheminée.

Après un long moment, elle murmura, sur le ton traînant d'une mélopée :

« La seule chose qui parfois les visite, les colombes, – mais qui ne le comprendrait ? – c'est un brouillard insaisissable, une pruine qui se dépose sur les choses... une sorte de... comment dire ?... mélancolie ? lassitude ? Mais qui ne comprendrait ? Ne se sont-elles pas assez agitées, assez battues ? Parfois, il en est que le fracas des armes fait vomir. Qui ne comprendrait qu'après tant d'années, la vigueur ne s'effiloche comme bure usée, que des lambeaux n'en partent dans les mains ? Y a-t-il amertume à le dire ? Y a-t-il honte à avoir fait son temps ? A se lasser ? Ce n'est pas l'arbre debout que couche le cognée, ni le froissement d'ailes rapide qu'efface, au ciel, la flèche. Ce n'est pas la fougue du jeune homme que le vieillard emporte sous la terre ni la douceur des embrassements que closent les scellés d'une amour morte. Y a-t-il honte à avoir fait son temps ? à finir ce qui se continuera un jour, sans toi, et sans toi, et sans toi... »

Les crochetant l'une après l'autre du regard, elle comptait sur ses doigts :

« Quatre... cinq... six... Je rêve ou les voilà six, mes douze lieutenantes ! Ah ! qui s'étonnera que, réduites de moitié, elles ne soient doublement fières ! »

Et, prenant soudain son escabeau entre les jambes, elle se mit à caracoler à travers la salle.

« Taratata ! A l'assaut ! A l'assaut ! » –, tout en chantant à tue-tête :

Les as-tu vus frémir
Aïe Aïe
Ceux à qui pousse la barbe
Aïe Aïe
Les as-tu vus frémir
Quand sur des chevaux fous,
Aïe Aïe
Ils les ont vues passer,
Aïe Aïe
Les filles de Diewin !

Puis, laissant choir avec fracas son escabeau, elle y retomba elle-même assise, tout essoufflée, un fou rire aux yeux.

« Vos galops à travers Zubecua ! rêva-t-elle tout haut. Aïe ! ce spectacle inoubliable du vent qui bride vos yeux, tire en arrière vos cheveux et les queues de vos juments ! Aïe ! ce spectacle pour les dieux ! A genoux, j'y repense ! A genoux ! »

Niva vint à nouveau remplir son bol et lui tendit des galettes de mil encore chaudes qu'on venait juste d'apporter. La vieille en brisa un petit morceau et, l'effritant dans le creux de sa main, en picorait les miettes comme un oiseau.

Toutes se rapprochèrent de la table pour manger. Et Kamila aussi, écartant ses cheveux, quitta le coin de cheminée et se joignit à elles. Les contorsions auxquelles Barbora soumettait les âmes par ses agressions et ses pitreries avaient d'étranges effets revigorants. Toutes s'étaient mises à dévorer.

La vieille se frottait les mains en les contemplant :

« Ah ! cet appétit, mes filles ! Quel plaisir de voir vos dents broyer et moudre fin ! Ah ! ces mâchoires de martre blanche, cette grotte rose où des langues pointues et vives frétillent entre deux rangs de perles ! Ah ! je me délecte !

– Tu parlais de regret, tantôt, l'interrompit Dagmar, en finissant de croquer sa galette, eh bien ! si j'en avais un à mourir jeune, ce serait de n'avoir pas connu la vieillesse... »

Et, se rapprochant d'elle, d'un brusque sursaut, les yeux allumés :

« Ah ! supplia-t-elle, dis-nous, je t'en prie, dis-nous quelles sont les onze béatitudes de la vieillesse. »

Mais cette fois, Barbora se fâcha. Faisant claquer sa langue en signe de désapprobation – tttt – elle recula jusqu'au mur son escabeau.

« Ah ! non, ma colombe, là, tu exagères ! Tu en veux trop ! Il faut savoir choisir ! »

Ses yeux étaient soudain durs comme cailloux :

« Ou bien tu meurs entière comme tu en prends si bien le chemin, avec toutes tes dents et tous tes cheveux, aussi belle aux bras de la mort qu'aux bras de l'amour, et tous les faunes et les lechys de la forêt pleurent ton trépas ou alors, ma colombe, tu t'en vas par menus morceaux, une dent après l'autre, un cheveu après l'autre; tu troques le doux contre le râpeux, le lisse contre le ratatiné; tu abats sur la table, sans tricher, le montant du péage, et si ton offrande a plu aux dieux, alors seulement se révèlent à toi les onze béatitudes qu'on ne nomme pas sans trahir la Nature et que tu ne me ferais pas dire sous le couteau ! »

L'indignation redressait son corps torse et noueux, et quelque chose de superbe émanait d'elle.

Toutes se taisaient, le nez baissé dans l'assiette, flouées de leur décrépitude.

Les louves somnolaient près de la vieille, le museau dans l'ourlet crotté de ses jupes. Et de temps à autre, du bout de son pied pointu, elle les taquinait.

Le soir était tombé, et, seules les lueurs du feu de cheminée allaient encore chercher leurs visages dans la pénombre. Olga se leva pour allumer les chandelles. Penchée vers la première flamme hésitante, elle l'abritait de sa main en coque. Et, peu à peu, la nuée de ses cheveux éclairait, exaltait son visage.

Barbora la mangeait des yeux.

On entendait, dans les poutres, le galop grêlé des souris, déjà occupées à prendre leurs quartiers d'hiver.

La vieille, en se balançant doucement sur son escabeau, se remit à rêver haut :

« Elle est forte, n'est-ce pas, la réalité d'ici-bas ! Elle plie même le fer sur lequel le marteau s'est brisé. Elle est forte et elle est retorse, la réalité d'ici-bas; elle tord les rêves les plus hardis, les incurve et les dévie selon ses lois à elle. Elle est forte, elle est retorse et elle est féroce, la réalité d'ici-bas; elle capte les énergies humaines, les détourne et les utilise à ses propres fins. C'est une grande mangeuse d'hommes et de femmes, la réalité d'ici-bas. »

Tout en parlant, elle pétrissait de ses doigts secs la cire coulée sur la table.

« Pour vivre la liberté que les hommes voulaient vous arracher, vous avez dressé de hautes palanques autour de vous. Pour échapper à la dépendance, vous vous êtes emmurées vives et donné des lois sévères. Pour défendre votre droit à célébrer la vie, vous avez manié dès l'aube le glaive et la lance, et l'art de tuer n'a plus de secret pour vous. Pour pouvoir continuer de parler à la terre et aux étoiles, vous avez appris la langue grinçante de la haine. Pour renouveler l'alliance sacrée entre les hommes et les femmes, vous les avez séparés. »

Vlasta l'écoutait attentivement sans songer le moins du monde à intervenir, comme elle écoutait le vent gémir dans les arbres ou se préparer la tempête. Mais Milena, que les propos de la vieille mettaient sur des charbons ardents, s'écria :

« Ah! cesse, Barbora! Si tu avais l'âme aussi haute que ces femmes, aurais-tu accepté l'ère du mépris? »

La vieille haussa les épaules.

« Qui parle d'accepter quoi que ce soit ? Je vois cette guerre se mordre la queue et je me dis : ces armes que vous ont tendues les hommes et qui sont les leurs, fallait-il les saisir ? N'eût-il pas été meilleur d'esquiver le piège de la lutte, de tourner le dos et de reconstruire un monde ailleurs ? N'eût-il pas fallu nier leur réalité dévoyée au point de la faire vaciller ? Car la bataille que vous menez contre eux les a confortés, durcis, aguerris. Leurs milices grossissent de jour en jour. Plus vous les frappez, et plus leur existence s'affermit ! Par tous les démons de Svantevit, quel est ce monde où tout glisse et se dérobe et se transforme, où tu t'endors dans ton droit pour te réveiller dans ton tort, où, pour défendre la vie, tu en arrives à semer la mort ? »

Et, brusquement, s'ébrouant, elle éclata de rire :

« Ah ! mes filles, ce soir, l'eau du lac est noire; ce matin, je l'ai vue verte : est-ce la même eau ? »

La regarder rire constituait une rude épreuve. Tous les plis de son visage se trouvaient alors si violemment chambardés qu'il paraissait improbable que nez, bouche, sourcils, retrouvassent leur place d'origine à la fin du menu cataclysme.

Quand son hilarité eut pris fin, elle se leva et s'approcha de la cheminée en sautillant. Accroupie devant le feu, elle se frottait les mains en silence. Ses jupes formaient autour d'elle comme un gros bulbe raidi de crasse.

Aucune des filles ne parvenait à détacher d'elle son regard.

Elle pouvait parler, la vieille, sans qu'on la contraigne à se taire, laisser rouler son flot de cruautés, de drôleries, d'insanités et de malices. Elle était la vie, qui blesse et qui berce, la vie dont on n'esquive pas la cuisante étreinte.

Elle bâilla à se décrocher la mâchoire, jusqu'à l'ultime spasme du gosier, et les louves, aussitôt, l'imitèrent.

« Ah ! mes filles, préparez ma paillasse, gémit-elle; j'ai hâte de goûter au sommeil !

– Déjà ? protesta Milena en riant. Te crois-tu obligée de nous ménager ? »

La vieille la regardait avec malice :

« Goûtez vos nuits, vous aussi, mes filles ! Puisez-y vos forces ! Et serrez-vous bien les unes contre les autres, comme harpaille de biches sous la lune ! Car vous êtes seules. Il est loin, le temps où, sur un mot de vous, les femmes cachaient aux hommes leurs armes et vous couvaient de leur chaude complicité ! Vous voilà bien seules maintenant. »

Un geste impatient de Dagmar la fit aussitôt s'écrier :

« Ah ! loin de moi, croyez-le, l'infamie de vous plaindre. Je soupçonne, une fois la peur devenue familière, quelle ivresse imprévue on doit éprouver à rassembler sur sa tête tant d'indignation et de haine, quel ravissement secret, quelle délectation amère, aussi amère que le fiel du plaisir que certaines vont laper aux mains des hommes, aussi amère et aussi infinie... oui, je soupçonne, là, d'étranges secrets... »

Et levant brusquement la tête, comme si une rumeur lointaine l'alertait :

« Tsss ! tssss ! ils ont ameuté autour de vous toutes les colères, et la traque a commencé, tsss ! tssss !... L'automne ne finira pas qu'ils seront à nouveau sur vous, la dague dressée ! Ah ! mes filles, quelle vie vous aurez eue ! Ah ! quelle apothéose ! Ils n'auront de cesse que de voir couler, de vos casques fendus, vos cheveux et vos cervelles ! Quelle vie ç'aura été pour vous ! La passion, la tendresse, la guerre et la mort ! Tout pour enchanter ! Tout pour ravir ! Dans mille ans, ne se trouvera-t-il pas encore des fous et des folles pour savoir vos noms et chercher la trace qu'auront laissée vos rêves sur la terre ? »

Elle reprit son souffle, les yeux rivés aux braises.

« Ah ! elle les tient, la fureur, elle les tient ferme ! Ils n'auront de cesse que de vous voir mordre la terre. Mais, par tous les dieux de Bohême, quel délice ç'aura été d'être vous ! Le vent dans les cheveux, et, entre vos cuisses nerveuses, la croupe des juments ! Ah ! l'ivresse haute de la chasteté, la joie âpre qu'il y a à se dérober au désir des hommes ! et de-çà, de-là, l'amour et la noyade ! Et le grand vent des trahisons et des passions ! Et le rire, ce rire dont seules des femmes ensemble savent rire ! Ah ! quelle vie ! Eux n'en dorment plus. En rêve, ils tranchent et fauchent et moissonnent, tsss! tssss! et vos belles têtes roulent, elles roulent et roulent dans leurs rêves. Mais quelle vie ç'aura été... et jusqu'au bout, jusqu'à l'ultime rendez-vous où la mort râcle la chair des os! Ah! filles de Diewin, les dieux vous ont aimées. »

Vlasta s'était approchée d'elle tandis qu'elle parlait, et, avec respect, elle lui offrait le bras :

« Tu voulais dormir, Barbora, viens, je te montre ta paillasse. »

Et l'autre la regardait, avec une espèce de sourire mystérieux et sans lèvres qui lui fendait le faciès en deux.

« Oui, même à toi, ça te suffit, hein?... je viens... je viens... »

Elle se laissait entraîner et, accrochée à ce bras superbe et nu, elle ressemblait à ces poupées de vieux chiffons que les enfants laissent s'engorger de poussière, derrière un bahut.

Elle avait eu raison, Barbora.

Il ne se passa pas quinze jours après son départ que les troupes du roi se massèrent au nord de Zubecua, grossies de tout ce qu'il y avait d'hommes vaillants entre l'Oder et l'Elbe. Il en était même venu, disait-on, de Slovaquie et de Moravie.

Ce fut Mio qui en avertit les filles.

Elles accueillirent la nouvelle sans anxiété. Avant la longue réclusion de l'hiver, c'était pour elles surtout – comment dire sans prêter à sourire ? – la promesse d'une rencontre. Et elles s'y préparaient.

Du lever au coucher du soleil, les cibles rondes où se fichaient les flèches ne cessèrent plus de tressauter ni de grincer. Et les mannequins de paille, estoqués et remis debout, lâchaient, sans trêve, poussière et brindilles, au heurt des lances.

La cuisante brûlure des pierres à aiguiser arrachait des hiiiii aux glaives et aux épées. Dans le métal, soudain étincelant, certaines découvraient leur propre reflet presque inconnu, à peine entrevu une fois ou l'autre dans une eau de source. Et d'autres, à leur tour, accourues et tenant à bout de bras ce miroir tranchant, avaient la même peine que les premières à détacher leurs yeux du visage étonné (fendu au centre par la rainure mate, encochée au milieu de la lame pour l'écoulement du sang) et qui était le leur.

Une complicité neuve régnait entre les filles. Et même celles qui en étaient venues ces dernières années à se quereller oubliaient leurs minces discordes et retrouvaient ce qui les avait unies dès le début.

Plus le jour de la bataille approchait, plus s'ouvrait à elles la subtile diversité du monde, entre la guerre qui ne connaît qu'elle-même et l'amour qui ne connaît que soi, le vaste territoire inexploré de la tendresse et de la compassion.

La présence et l'épaisseur des choses exerçaient sur elles une fascination toute nouvelle. On voyait parfois, entre deux exercices guerriers, une grappe de têtes agglutinées autour du même cirse et du même chardon d'argent, à se demander ensemble de qui cette plante, cette autre ou celle-là encore pouvait bien être le rêve. Car le souvenir leur revenait, de l'époque ancienne et sans médiation, où chaque pensée avait son immédiate correspondance dans le créé, où, à peine frôlés, les rêves se cristallisaient dans le visible en fabuleuses et hiératiques compositions.

Et ce monde, dont elles étaient devenues par leur ravissement même partie intégrante, elles savaient qu'elles ne le quitteraient plus sans y revenir.

Selon les messages secrets que, la veille du jour fatidique, Vlasta avait reçus, elle attendait que les armées du roi, parties à l'aube de Zubecua, atteignissent Diewin sur le midi.

Mais, contre toute attente, le guet, posté à une lieue de la forteresse, vint, avant la première lueur de l'aube, donner l'alerte.

L'armée des hommes avançait en rangs serrés, au nord-est, tout au long des vastes coteaux qui ourlaient l'horizon de Diewin. Dans moins d'une heure, elle serait devant les murs de la citadelle.

A mesurer le peu de temps qu'il leur restait d'une part pour se vêtir, s'armer, préparer les chevaux et, d'autre part, disposer leurs troupes au-delà des remblais à cinq cents pas de là, Vlasta eut un moment d'indécision.

N'était-il pas préférable de rester repliées derrière le bouclier des murailles ? Ni la poix, ni les pierres, ni les frondes, ni les flèches, ni les traits enflammés ne faisaient défaut pour une défense énergique.

Mais, tout aussitôt, la pensée de l'immobilité et de l'encerclement lui fit horreur.

La force de ses troupes n'était-elle pas dans leurs mouvements, ces spirales dont elles enrobaient l'adversaire, ces tourbillons incessants plus proches du ballet nuptial des libellules que de la stratégie militaire, cette prestesse même qui rendait les hommes fous, leur faisait parer à droite les coups qu'ils recevaient de gauche et à gauche ceux qui leur pleuvaient de droite ?

Sur-le-champ, elle donna l'ordre de préparer la sortie et de baisser le pont-levis.

Ce fut un branle-bas indescriptible que la demi-pénombre, toute tiède encore des relents d'un mauvais réveil, rendait fantomatique.

Quand les sabots des premiers bataillons que menaient Niva et Zora crépitèrent comme grêle en passant le pont, on pouvait voir déjà confluer, aux bords des remblais, l'armée des hommes.

Ils avançaient en rangs serrés, sous des casques blancs luisants comme crânes polis. Le vent matinal ne faisait pas frémir le champ d'épis dressés que formaient les lances.

Vu l'étroitesse de la porte et du pont-levis, les

femmes sortaient deux par deux comme pour un cortège de fête, et l'effet de choc était manqué.

Il semblait à Vlasta que les premières troupes disparaissaient dans le trou noir de l'armée adverse, comme englouties, sans presque un remous. A pressentir la folie qu'elle avait commise en ordonnant cette sortie tardive, la peur la prit.

Elle arrêta aussitôt sa jument et ferma les yeux. Selon la vieille loi magique qui interdit d'esquiver et délivre celui qui a osé la traversée des choses, elle se donna à cette peur.

Quand l'angoisse lui eut évidé le ventre, Vlasta rouvrit les yeux, se reprit et trouva, intacte, sa force. A peine un instant s'était écoulé.

D'un geste intrépide et joyeux, elle montra aux quelque trois cents filles regroupées autour d'elle le soleil qui se levait. Et, le front haut, humant l'air du matin avec une ferveur qui écarquillait ses narines, elle s'élança, à leur tête.

Les troupes de Dagmar et de Kamila avaient déjà entaillé des brèches dans les rangs adverses. Celles de Vlasta et d'Olga vinrent encore les chambarder, les retrousser comme gencives sur des crocs. Mais les pertes étaient déjà lourdes, et les rangs se reformaient toujours, drus et étincelants, de lances neuves que le sang n'avait pas ternies.

Milena, dont c'était la première bataille et qui s'était efforcée d'abord de ne pas perdre de vue Vlasta, s'effarait du fracas autour d'elle. Fer heurté et hennissements furieux couvraient tout ce qui eût pu ressembler à une rumeur humaine, à un soupir, à un cri.

Sa propre jument, qu'une estafilade au col rendait furieuse et secouait de voltes et de ruades, lui paraissait étrangère, hostile. Deux armées de chevaux déments, l'œil allumé et qui écumaient, se livraient la guerre. Et ces hommes et ces femmes qu'ils portaient en croupe n'étaient que les instruments de leurs passions. A peine cette hantise l'eut-elle envahie que, déjà, les chevaux perdaient l'initiative de la bataille et que c'était au tour des armes de mener la danse. Indifférentes aux humains qui les maniaient, elles s'élançaient, chargées d'éclair et de foudre. Et aux bras que tirait leur élan féroce, les nerfs brûlaient, chauffés à blanc.

Ce carnage auquel elle avait une part active, Milena y assistait aussi en dormeuse effarée qui, tout bas, se répète en vain l'ordre de s'éveiller.

Une dague la frôla, dont une main tranchée tenait encore le pommeau, et qui, sur sa lancée, traversait les airs : un de ses assaillants, dont elle ne se doutait pas qu'elle l'eût tué, le nez enfoui au col de sa monture continuait, avec l'entêtement qu'ont parfois les morts d'offrir leur corps aux coups.

Et Milena ne s'éveillait toujours pas.

A droite et à gauche de ses épaules sifflaient des épées qui la manquaient. Les yeux grands ouverts, elle poursuivait son rêve hideux et, avec une aisance somnambulique, une dextérité presque irréelle, elle continuait de danser entre les lames.

La supériorité en nombre de leurs adversaires était si flagrante qu'il arrivait à l'une ou à l'autre des filles de se croire un moment seule au milieu des hommes.

Vlasta avait appris, la veille, par Mio, qu'un meneur de troupe bulgare, un prince du nom de Stasion, était venu mettre son épée et toute sa troupe au service de Przemysl, prétendant à qui voulait l'entendre qu'il avait déjà, la nuit dernière, tué Vlasta en rêve.

Depuis le début de la bataille, brûlant de se mesurer avec lui, elle le cherchait des yeux sans le trouver. Tout en s'attendant à le voir surgir et à le reconnaître, elle bousculait, estoquait et culbutait, avec la facilité un peu machinale de ceux qui ne trouvent pas adversaire à leur taille.

A un certain moment, coupée de sa troupe et encerclée d'une dizaine de frelons qui dressaient contre elle leurs dards, elle esquiva de justesse le coup mortel que Zaboj lui portait à la nuque. Une colère blanche la saisit que cet homme, avec qui, jamais, elle n'eût accepté de se mettre à table et de manger, osât prétendre nouer entre elle et lui l'alliance de la mort. Du haut de sa jument cabrée, crachant de dégoût, elle lui donna, comme on envoie un soufflet, une de ces légères estafilades au sourcil qui lâche le sang en abondance et obscurcit pour un moment la vue.

Une fille nommée Blanka et qu'elle n'avait

jamais remarquée jusqu'alors vint ouvrir une brèche dans le cercle des hommes et l'aider à les disperser. Elle eut presque le temps de lui rendre son sourire.

Bientôt, elle se retrouva face à un homme dont la stature était imposante. Son heaume était orné d'une rangée de dents de loup. A la façon altière dont il tenait la tête, le goût allègre de la bagarre reprit Vlasta.

Tout en frappant d'estoc et de taille, elle lui criait :

« Es-tu Stasion ? »

Lui, occupé de parer à deux mains les chocs violents dont elle ébranlait son épée, lui criait en retour :

« Toi, tu es bien Vlasta ! »

Et cet échange de mots, gueulés dans le fracas, mettait, sur leur impitoyable rixe, le halo fou de la complicité.

Les coups qu'ils se portaient étaient si furieux qu'ils réveillaient le feu endormi dans la mémoire du fer et, dans leurs corps, l'assaut violent qui les avait engendrés.

Et, à l'entente féroce de leurs gestes, à la sourde symétrie de leurs assauts, Vlasta connut qu'elle était bien en face de son meurtrier.

Tant qu'elle fut en vie, les filles qui avaient survécu continuaient de croire à une victoire possible, à quelque revirement du sort.

Quand elles la virent morte, elles surent aussi leur fin venue.

Il est terrifiant, le moment où le sang montre sa couleur, le moment où les humains ont les mêmes yeux que les bêtes.

Mais les filles de Diewin se savaient attendues sur l'autre rive.

Avant de quitter ce corps complice qui les avait si bien servies pour l'amour, la lutte et la fête, elles se devaient de l'accompagner jusqu'au tout dernier spasme de la défaite et de la mort.

Derrière les rangs éclaircis de l'armée du roi Przemysl, les blessés, hissés sur des litières de fortune, regagnaient Zubecua.

A la traîne, leur mission accomplie, suivait la horde silencieuse des fantassins qu'on avait chargés d'égorger après la bataille ce qui bougeait encore.

Avec les troupes royales, le vent s'en était allé.

Et, depuis des heures déjà, avant même que le soir ne tombe, tout était redevenu silencieux devant Diewin.

Une grande douceur flottait dans l'air. Les frênes et les érables, au bord du remblai, lâchaient parfois, du bout de leurs rameaux, sans qu'aucune secousse ne les y eût contraints, une feuille ou deux.

Et, de temps à autre, tombé du ciel, le cri d'un busard faisait un trou dans le silence.

Soudain, de derrière un tronc, surgit Mio et, derrière lui, comme l'ombre fine et droite de son corps épais et tordu, une petite fille qui portait un panier.

Ils s'arrêtèrent d'abord, frappés d'épouvante. Un long moment, on eût dit deux rochers bizarrement ravinés par les eaux de pluie et dressés là au bord du talus.

Alors, poussant un hurlement de bête, Mio s'élança.

Il bondissait, frôlait à peine le sol, envoyait en tous sens ses bras et ses jambes. Trébuchant, il s'abattait, se redressait, repartait en boitant et courait, hagard, d'un cadavre à un autre. Se jetant à genoux, il saisissait un visage entre ses mains, le couvrait de baisers, essuyait d'un lambeau de sa chemise des yeux encroûtés de terre et de sang. Parfois, ôtant un heaume, il déroulait, de ses doigts qui tremblaient, une interminable chevelure.

Puis, debout, écrasant ses poings sur ses tempes, il criait leur nom, une mélopée rauque et sans fin. Et toutes, celles qui avaient dans la mort un abandon de dormeuse et celles que leurs blessures mutilaient, celles qu'il reconnaissait et celles qui n'avaient plus de visage, celles qui étaient originaires de Zubecua et celles qui les avaient rejointes des autres contrées de Bohême, celles qui gisaient seules, les ongles enfoncés dans la terre et celles qu'une dernière empoignade avait soudées au corps d'un homme, toutes, il les implorait de se lever, de ne pas le laisser seul. Et son visage ruisselait de morve et de larmes.

La petite fille restée à l'orée du champ se mordait les lèvres et donnait, en se balançant d'avant en arrière, des coups de genoux dans son panier.

Puis, enjambant les corps, à petits bonds précautionneux comme, dans la forêt, les racines et les souches, et toujours cramponnée à l'anse de son panier, elle rejoignit Mio et vint lui tirer la manche.

« Dis... »

Il ne sentait rien, ne répondait pas, tout secoué de spasmes.

« Dis... »

Elle tira de plus belle, jusqu'à ce qu'il eût tourné vers elle ses petits yeux, tout bouffis entre deux enflures mauves.

Alors, l'apercevant, il sanglota :

« Petite, ils ont assassiné la grâce et la férocité... Ils ont fait place nette pour leur ordre... »

Mais elle, sans même l'écouter, demandait :

« Dis ! c'est vrai que pour les morts, c'est nous qui sommes morts ? »

Il continua de hoqueter sans répondre... sans savoir...

Une rumeur leur parvint.

L'un et l'autre, au même instant, le doigt sur la bouche, se firent signe de se taire.

Mio se jeta au sol, y colla son oreille. C'était comme le sourd martèlement de mille sabots.

Les yeux clos, les lèvres barbouillées d'une drôle de grimace, il s'efforçait de surprendre vers lequel des quatre horizons s'éloignait leur galop.

Table

Table

Christiane Singer
dans Le Livre de Poche

Où cours-tu ? Ne sais-tu pas que le ciel est en toi ? n°15595

« Il est difficile au milieu du brouhaha de notre civilisation qui a le vide et le silence en horreur d'entendre la petite phrase qui, à elle seule, peut faire basculer une vie : « Où cours-tu ? » Il y a des fuites qui sauvent la vie : devant un serpent, un tigre, un meurtrier. Il en est qui la coûtent : la fuite devant soi-même. Et la fuite de ce siècle devant lui-même est celle de chacun de nous. « Où cours-tu ? » Si au contraire nous faisions halte – ou volte-face - , alors se révélerait l'inattendu : ce que depuis toujours nous recherchons dehors veut naître en nous. »

Rastenberg n°14497

Rastenberg, c'est un château féodal des montagnes d'Autriche, puissant, orgueilleux, vénérable. Lorsque la romancière et narratrice s'y installe, après son mariage, elle est une jeune femme amoureuse. Mais elle n'oublie pas que sa famille fut persécutée dans ce pays, et que non loin de là naquirent la mère et le père présumé d'Hitler. Dès lors, l'histoire de ses rapports avec Rastenberg sera celle d'une patiente réappropriation. Loin de prétendre changer quoi que ce soit en ces lieux qui interdisent toute familiarité, elle va faire revivre quelques-uns de ceux qui y vécurent : Giacomo, le gentilhomme italien fuyant un amour bafoué, Marie, brûlée vive dans sa robe d'organdi, et puis Ghislain, le jeune homme à qui la vie promettait tout, et que la guerre envoya mourir sur le front russe. Par la magie d'une écriture inspirée, la romancière de *La Mort Viennoise*, prix des Libraires 1979, nous fait vivre la subtile transmutation d'une biographie en un destin.

Les Sept Nuits de la reine n°30030

Sept nuits, parce que c'est dans l'obscur, l'intime, l'inconnaissable que réside la vérité de ce que nous sommes, et non dans les rôles sociaux et les évidences quotidiennes. Sept nuits, parce que les moments qui tissent notre destin – l'amour, la perte d'un être cher, une révélation sur notre origine – ne sont peut-être pas plus nombreux. Sept nuits, comme un reflet inverse des sept nuits de la Création... Et à travers ces sept nuits, Christiane Singer fait surgir un inoubliable visage de femme.

IMPRIMÉ EN ESPAGNE PAR LIBERDUPLEX
Barcelone
Dépôt légal éditeur : 54832-04/2005
Édition 3
LIBRAIRIE GÉNÉRALE FRANÇAISE - 31, rue de Fleurus - 75278 Paris cedex 06

ISBN : 2 - 253 - 03044 - 9

30/5691/8